輝く女性のために

データで学ぶ『新・人間革命』特別編

潮出版社

目次

第1章 挿絵で振り返る 山本伸一・峯子夫妻 平和への歩み

第2章 女性に贈る励ましの言葉

第3章 宿命を使命に変えて 女性たちのエピソード集

はじめに

小説『新《しん》・人間革命《にんげんかくめい》』は、1993（平成5）年8月6日に起稿《きこう》されました。それからちょうど25年となる2018（平成30）年8月6日、第30巻《かん》・最終章「誓願《せいがん》」の脱稿《だっこう》を迎《むか》え、同年9月8日に「聖教新聞《せいきょうしんぶん》」での連載《れんさい》が完結します。1964（昭和39）年12月2日から執筆《しっぴつ》が開始された前作の小説『人間革命』から数えると、54年もの歳月《さいげつ》となります。

舞台《ぶたい》は、1960（昭和35）年5月3日に創価学会《そうかがっかい》第三代会長に就任《しゅうにん》した山《やま》本《もと》伸一《しんいち》が、初の海外訪問《ほうもん》へ出発する場面から始まり、新世紀開幕《しんせいきかいまく》の2001（平成13）年11月までが描《えが》かれています。その時代背景《はいけい》は、激動《げきどう》する世界のなかで、女性《じょせい》をめぐる環境《かんきょう》が大きく変化した時と重なります。

小説では、伸一が早くから女性に内在《ないざい》する力《ちから》に光を当て、一貫《いっかん》して励《はげ》ましを送る様子《ようす》が数多く描かれます。宿命《しゅくめい》と社会の荒波《あらなみ》にもまれながらも、伸一の心に触《ふ》れて立ち上がった女性たちは、朗《ほが》らかに胸《むね》を張《は》り、家庭を、地域《ちいき》を、幸福と平和の方向へと力強く導《みちび》く主体者となっていきます。

価値観《かちかん》の多様化《たようか》が進み、いかに生きるべきかという「人生の羅針盤《らしんばん》」がいっそう求められている今、刻々《こっこく》と変化する環境のなかで、揺《ゆ》るがないものとは何か。女性の幸福を願い続けた伸一は、「時流《じりゅう》や安易《あんい》な風潮《ふうちょう》に流されないための確《たし》かな哲学《てつがく》、確かな価値観が必要」※1と語ります。

『新・人間革命』には、現実《げんじつ》社会で生きる女性にとって指針となる励ましの言葉、悩《なや》みを乗り越《こ》える智慧《ちえ》が随所《ずいしょ》にちりばめられています。そして、伸一・峯子夫妻《みねこふさい》が歩んできた「師弟不二《していふに》」の道が綴《つづ》られ、その精神《せいしん》に触れる時、無《む》限《げん》の力が湧《わ》き、希望を生み出すことができるのです。

本書は、月刊誌《げっかんし》「パンプキン」の連載「データで学ぶ『新・人間革命』」の特別編として、『新・人間革命』全30巻のなかから、伸一・峯子夫妻の生き方と共に、特に「女性」に焦点《しょうてん》を当てて編集《へんしゅう》したものです。

「女性の幸福なくして、人類の平和はない」※2――。この根底《こんてい》に流れる、すべての命を慈《いつく》しむ「生命《せいめい》」の尊厳《そんげん》と平等《びょうどう》の思想を学び、『新・人間革命』を読み深めていく際《さい》の一助になりましたら幸いです。

※1：第13巻「光城」の章　※2：第13巻「北斗」の章

第1章

全人類の幸福と平和の実現《じつげん》へ――。小説『新・人間革命』には、人生をかけて「師弟《してい》の道」を生き抜《ぬ》く山本伸一《やまもとしんいち》の姿《すがた》が綴《つづ》られています。そして、伸一の傍《かたわ》らには、いかなるときも微笑《ほほえ》みながら伴走《ばんそう》する妻《つま》の峯子《みねこ》の存在《そんざい》がありました。第1章では、『新・人間革命』に描《えが》かれた伸一・峯子夫妻《ふさい》の歩みの一端《いったん》を、挿絵《さしえ》とエピソードで振《ふ》り返ります。

小説『新・人間革命』名場面集

挿絵で振り返る

山本伸一・峯子夫妻

平和への歩み

会長就任式の夜

1960（昭和35）年10月2日、山本伸一《やまもとしんいち》は、初の世界への平和旅に出発した。旅の途上《とじょう》、アメリカ・シアトルの地で、同年5月3日の第三代会長就任《しゅうにん》の日のことを思い起こす場面が綴《つづ》られていく。

――その日、夜更《よふ》けて自宅《じたく》に帰ると、峯子《みねこ》は食事のしたくをして待っていた。普段《ふだん》と変わらぬ質素《しっそ》な食卓《しょくたく》であった。

「今日《きょう》は、会長就任のお祝《いわ》いのお赤飯《せきはん》かと思ったら、いつもと同じだね」

伸一が言うと、峯子は笑《え》みを浮《う》かべながらも、キッパリとした口調《くちょう》で語った。

「今日から、わが家《や》には主人はいなくなったと思っています。今日は山本家のお葬式《そうしき》ですから、お赤飯は炊《た》いておりません」

会長となった以上、一家《いっか》の団欒《だんらん》の時間などほとんどないに違《ちが》いない――広宣流布《こうせんるふ》に生涯《しょうがい》を捧《ささ》げた会長の妻《つま》としての、強い決意を披瀝《ひれき》した言葉であった。そして、その気概《きがい》は伸一に計り知れないほどの勇気を与《あた》えるのであった。

峯子は、伸一に会長就任のお祝いの品を贈《おく》りたいと言う。すると伸一は、一番《いちばん》大きく、

※太字部分は、小説『新・人間革命』からの引用です（以下同じ）

会長就任式の夜に自宅で語り合う山本伸一と峯子

丈夫《じょうぶ》な旅行カバンを希望する。

「カバンですか。でも、そんなに大きなカバンを持って、どこにお出かけになりますの」

「世界を回るんだよ。戸田先生に代《か》わって」

峯子の瞳《ひとみ》が光り、微笑《びしょう》が浮かんだ。

「いよいよ始まるんですね。世界広布《こうふ》の旅が」

彼《かれ》は、ニッコリと笑って頷《うなず》いた。

すべての人の幸福と平和を願い続けた恩師《おんし》への誓《ちか》いを胸《むね》に、伸一は世界に旅立ったのだ。

——第1巻「錦秋」の章

山本家の子育て

1960（昭和35）年暮《く》れのある日、山本伸一《やまもとしんいち》が珍《めずら》しく早めの夜9時ごろに帰宅《きたく》すると、まだ幼《おさな》かった三人の子どもたちが、「パパのお誕生日《たんじょうび》のプレゼントの絵を渡《わた》すんだ」と、峯子《みねこ》と共に起きて待っていた。伸一の誕生日は1月2日だが、年初は元日から多忙《たぼう》だと知っている子どもたちは、年末にプレゼントを渡すことにしたのだ。

会長として多忙を極《きわ》める伸一の、久々《ひさびさ》に家族と過《す》ごす団欒《だんらん》のひとときが描《えが》かれ、山本家の子育ての要諦《ようてい》が綴《つづ》られる。

山本家では、子どもを「小さくとも〝対等《たいとう》な人格《じんかく》〟」として尊重《そんちょう》するよう心がけていた。また、子どもたちが伸《の》び伸びと育っていくような工夫《くふう》を随所《ずいしょ》にしていた。たとえば、学びへの意欲《いよく》が増《ま》すようにと、本箱の扉《とびら》を取り外《はず》し、背表紙《せびょうし》が自然と目に入るようにしたり、名曲に親しめるようにと、伸一が青春時代から大切にしていたレコードも子どもたちに自由に使わせたりした。

さらに伸一は、国内外を駆《か》け巡《めぐ》る日々のなか、旅先から一人ひとりに宛《あ》てて絵葉書を送ったり、ささやかな土産《みやげ》を買ってきたりするなど、子どもとの心の交流を怠《おこた》らなかった。「子どもたちとの約束は、必ず守る」ということも、伸一が父親として心がけていたことだった。そしてなにより、「夫婦《ふうふ》の巧《たく》みな連係《れんけい》プレー」が光る。

峯子は自《みずか》ら、伸一と子どもたちとの、交流の中継基地《ちゅうけいきち》ともいうべき役割《やくわり》を担《にな》っていった。彼女《かのじょ》は、夫のスケジュールはすべて頭《あたま》に入れ、子どもたちに、伸一が今、どこで何をしているか、また、それはなんのためであり、どんな思いでいるのかを語って聞かせた。

一方《いっぽう》、伸一と連絡《れんらく》を取る時にも、子どもたちの様子《ようす》を詳細《しょうさい》に報告していた。それによって、彼《かれ》も子どもが何に興味《きょうみ》をもち、毎日を、どうやって過ごしているかを知り、的確《てきかく》なアドバイスができた。

家族と過ごすかけがえのない時間――。無邪気《むじゃき》にはしゃぐ子どもたちを見ながら、伸一は家庭の幸せを噛《か》み締《し》めると共に、会長である自分の双肩《そうけん》にかかる同志《どうし》の幸福のために、力《ちから》の限《かぎ》り走り抜《ぬ》く決意を新《あら》たにする。

――第２巻「民衆の旗」の章

伸一の自宅には多くの人が訪れ、時には語らいが深夜にまで及ぶことも。
そんな訪問客のあった翌日には、峯子は近隣へあいさつして回った。
また、隣室などに心を配り、夜は子どもたちを早めに寝かしつけるなど、
細やかな配慮を忘れなかった（第24巻「灯台」の章）

第2巻「民衆の旗」の章では、たとえわずかな時間であっても、
伸一が子どもたちと約束した夕食に駆けつける場面が描かれる。
その姿を見送った後、峯子は、激務のなか約束を守ろうと
駆けつけた伸一の思いを、子どもたちに語った

共に歩んだ平和旅

1964（昭和39）年10月、山本伸一《やまもとしんいち》は東南アジア、中東《ちゅうとう》、ヨーロッパ歴訪《れきほう》の旅に出発した。この旅には、学会幹部《かんぶ》と共に、峯子《みねこ》も初めて同行した。それは、本部首脳《ほんぶしゅのう》の強い要請《ようせい》によるものだった。

伸一はそれまでの海外訪問《ほうもん》で、蓄積《ちくせき》された疲労《ひろう》や慣《な》れない現地《げんち》の食事などから、体調《たいちょう》を崩《くず》すことが少なくなかった。また、海外では伸一が各国の要人と交流する機会《きかい》が増《ふ》えたが、その際《さい》には夫婦同伴《ふうふどうはん》の方がふさわしい場合も多い。そのため、「伸一の健康や食生活にも精通《せいつう》している妻《つま》の峯子に、ぜひ同行してもらおう」ということになったのだ。

「光彩《こうさい》」の章では、伸一が各国のメンバーを全力で激励《げきれい》する様子《ようす》が、主に描《えが》かれる。その背後《はいご》には、伸一の健康を気遣《きづか》い、時にはホテルのバスルームでコンロとナベを使ってご飯を炊《た》き、味噌汁《みそしる》を作るなど、峯子の細《こま》やかな配慮《はいりょ》があった。

以後、峯子が海外への伸一の平和旅に同行する機会は増え、世界の指導者《しどうしゃ》、識者《しきしゃ》との会見にも同席するなど重要な役割《やくわり》を担《にな》っていく。

——第9巻「光彩」の章

伸一の体調を考えて、消化のよい食事を用意するよう心がけていた。
海外では時に、ホテルのバスルームで調理することもあった

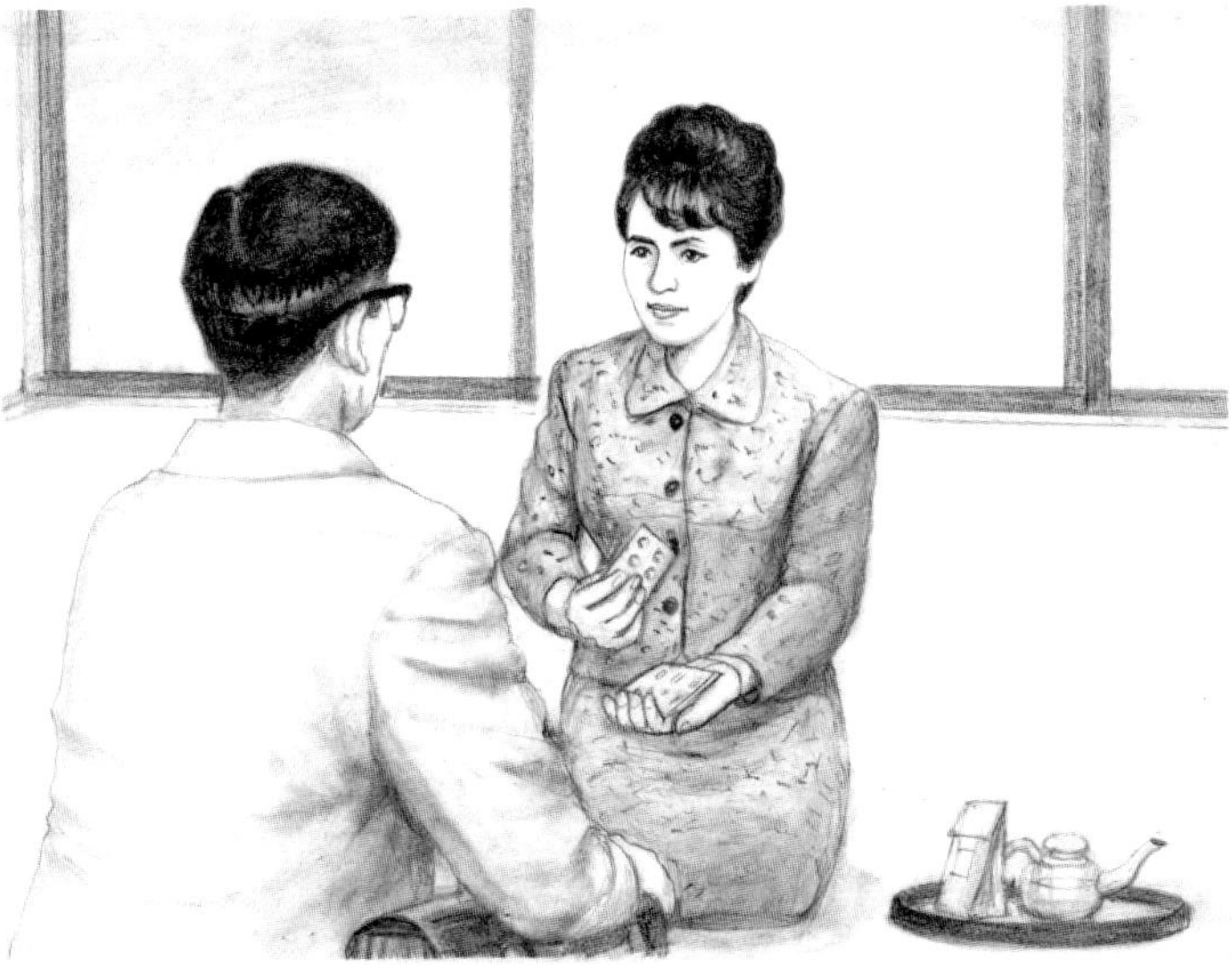

医師の処方した薬を一つずつ確認する峯子（第14巻「烈風」の章）。
全国、全世界を駆け巡る伸一の体調管理を担ってきた

何があっても悠然《ゆうぜん》と

1968(昭和43)年9月8日、山本伸一《やまもとしんいち》は第11回学生部総会《そうかい》での講演《こうえん》において、歴史《れきし》的《てき》な「日中国交正常化提言《せいじょうかていげん》」を発表した。それは、中国に対して強硬政策《きょうこうせいさく》をとる当時の日本においては、自《みずか》らの命の危険《きけん》すら覚悟《かくご》せざるを得《え》ない行動であった。反響《はんきょう》は大きく、賛同《さんどう》と共に非難《ひなん》・中傷《ちゅうしょう》も多かった。学会本部には嫌《いや》がらせや脅迫《きょうはく》が相次《あいつ》ぎ、伸一の家族にも何が起こってもおかしくない状況《じょうきょう》にあった。ある時、峯子《みねこ》は微笑《ほほえ》みながら言った。

「私たちのことなら、大丈夫《だいじょうぶ》です。あなたは、正しいことをされたんですもの、心配なさらないでください。子どもたちにも、よく言い聞かせてあります。私たちも十分に注意はします。でも、何があっても驚《おどろ》きません。覚悟《かくご》はできていますから」

穏《おだ》やかな口調《くちょう》であったが、その言葉《ことば》には、凛《りん》とした強《つよ》さがあった。

伸一は、嬉《うれ》しかった。勇気《ゆうき》がわいてくるのを覚えた。(中略)

「ありがとう! 偉大《いだい》な戦友に最敬礼《さいけいれい》だ」

〝峯子の覚悟〟は、翌年から起こった「言論《げんろん》・出版《しゅっぱん》問題」の折《おり》にも描《えが》かれる。この時も、学会は激《はげ》しい非難・中傷の嵐《あらし》にさらされ、伸一の自宅《じたく》も警戒《けいかい》が必要になるが、峯子は、

帰宅し、家族を案じる伸一に、峯子は微笑みながら覚悟を語る。
激しい烈風の渦中も、峯子は時間を見つけては御書を拝した

何があっても悠然《ゆうぜん》としていた。烈風《れっぷう》が吹《ふ》き荒《あ》れる渦中《かちゅう》、夫妻《ふさい》はこんな会話を交わしている。

「どんな時でも、君《きみ》は決《けっ》して、笑顔《えがお》を失《うしな》わないね。本当《ほんとう》に強《つよ》いんだな。いつも、悠々《ゆうゆう》としている君を見ていると、ぼくも勇気《ゆうき》が出て、元気《げんき》になってくるよ」

峯子は、微笑《ほほえ》みながら答えた。

「こんなこと、なんでもありませんよ。御書《ごしょ》に仰《おお》せの通《とお》りに生きるならば、難《なん》があるのは当然《とうぜん》ですもの。毎日《まいにち》、毎日が、ドラマを見ているようですわ」

「そうだね。今のことを、懐《なつ》かしく振《ふ》り返《かえ》る日が、きっと来るよ」

二人《ふたり》は頷《うなず》いた。

――（第13巻「金の橋」の章、第14巻「烈風」の章）

世界に友情の懸《か》け橋《はし》を

1974（昭和49）年5月30日から、山本伸一《やまもとしんいち》たちは、中日友好協会の招聘《しょうへい》で初めて中国を訪《おとず》れる。日中の国交が正常化《せいじょうか》して2年、伸一の「日中国交正常化提言《ていげん》」発表から6年後のことである。世界はいまだ緊張《きんちょう》と激動《げきどう》のなかにあった。依然《いぜん》として続く東西冷戦《とうざいれいせん》下《か》で、社会主義国同士《しゅぎこくどうし》である中国とソ連（当時）の対立も深刻化《しんこくか》。そのなかで伸一は、「命を捨《す》てる覚悟《かくご》なくしては、平和のための、本当の戦いなど起こせない」と、勇《いさ》んで行動してきたのだった。中国を訪れた伸一と峯子《みねこ》は、どこであれ、「誠実《せいじつ》に、ありのままに」対話を重ね、友情《ゆうじょう》を広げていった。中日友好協会による歓迎宴《かんげいえん》でのこと。中国に対する印象《いんしょう》を尋《たず》ねられ、峯子は語り出す。

「日本では、共産主義《きょうさんしゅぎ》は怖《こわ》いと言われてきました。ですから、正直《しょうじき》なところ、私は、貴《き》国《こく》にも怖い国というイメージがありました」

伸一は思わず峯子の顔《かお》を見た。何を言いだすのかと、驚《おどろ》いた。

峯子はたじろぎもせず、微笑《ほほえ》みを浮《う》かべて言葉《ことば》をついだ。

「でも、こうしてお話をしてみると、愛情《あいじょう》のあふれた、人間的なお国であることがよく

歓迎宴で率直な感想を語る峯子。緊迫する世界情勢のなか、
伸一と峯子の「人間外交」が平和の懸け橋となった

わかりました」

拍手《はくしゅ》が起こり、廖承志《りょうしょうし》会長の声が響《ひび》く。

「正直に本当のことを言われた。それでこそ、友人になれます！」

峯子の発言で、心の距離《きょり》は、ぐっと縮《ちぢ》まった。真心をもって真実を語れ――そこから友情は深まるからだ。

一国のリーダーであれ、小さな子どもであれ、一瞬《いっしゅん》一瞬のどんな出会いも大切に、誠実に対話し、偏見《へんけん》の壁《かべ》を取り払い、友情を結んでいく。それが、伸一と峯子の「人間外交」であった。

そして、同年9月8日からのソ連への初訪問、12月2日からの二度目の中国訪問を通し、伸一は中国とソ連の〝懸《か》け橋《はし》〟となり、平和に向けた対話の道を開いていく。

――第20巻「友誼の道」の章

母こそ万人の「心の故郷」

国境《こっきょう》を超《こ》え、多くの人に愛される「母」の歌。第24巻「母の詩《うた》」の章には、歌に込《こ》められた母・幸《さち》への「報恩《ほうおん》」と、世界中のすべての母たちを讃《たた》えたいとの、山本伸一《やまもとしんいち》の深い思いが綴《つづ》られている。

伸一は、「寝《ね》ている母の姿《すがた》を見た記憶《きおく》は、ほとんどなかった」と述懐《じゅっかい》しているが、幸は家事だけでなく海苔製造《のりせいぞう》という家業《かぎょう》も担《にな》い、懸命《けんめい》に働《はたら》き、子どもたちを育て上げた。戦争で我《わ》が子を失うなど苦労に苦労を重ねてきたが、家族をいつも明るく照《て》らし続けた母。また、体の弱い伸一の健康を気遣《きづか》い、温《あたた》かく見守り、峯子《みねこ》との結婚《けっこん》を誰《だれ》よりも喜《よろこ》んだのも母だった。そんな幸を、峯子と三人の子どもたちも心から慕《した》っていた。

海よりも広《ひろ》く、深《ふか》い、母の愛《あい》は、正しき人生の軌道《きどう》へと、人を導《みちび》く力《ちから》でもある。（中略）子に愛を注《そそ》ぐ母という存在《そんざい》は、戦争に人を駆《か》り立てる者との対極《たいきょく》にあり、「平和の体現《たいげん》者《しゃ》」である――

1971（昭和46）年10月、伸一は、幸をはじめ、学会の全婦人《ふじん》部員を思い描《えが》き、詩「母」を詠《よ》む。それから5年後の1976（昭和51）年、その詩に曲が付けられ、「母」の

桜花爛漫《らんまん》の季節、母を背負う伸一と二人を見守る峯子

歌が誕生《たんじょう》するのである。そこには、出来上がったばかりの「母」の歌のテープを、夫妻《ふさい》で聴《き》く様子《ようす》も綴《つづ》られている。

「すばらしい歌ができましたね」

峯子が、最初に微笑《ほほえ》みを浮《う》かべた。

「いい歌だ。きっと母も喜ぶだろうし、全国、全世界の母たちが喜んでくれるだろう」

歌のテープは病床《びょうしょう》に伏《ふ》していた母の幸《さち》にも届《とど》けられた。幸は、微笑みを浮かべ、嬉《うれ》しそうに頷《うなず》きながら、何度も聴いていたという。

その「母」の歌は今、世界中の人びとの心に平和の調べを届けている。

——第24巻「母の詩」の章

〃一心同体〃で励ましを重ねる

婦人たちと和やかに懇談し、励ます峯子

1978(昭和53)年6月、山本《やまもと》伸一《しんいち》は妻《つま》の峯子《みねこ》と共に、16日間にわたる北海道指導《しどう》へ――。

恩師《おんし》・戸田城聖《じょうせい》の故郷《こきょう》である厚田村《あつたむら》(現・石狩《いしかり》市厚田区)も訪《おとず》れ、寸暇《すんか》を惜《お》しんで多くのメンバーを励《はげ》ました。

厚田の友たちから、伸一に婦人部総《ふじんぶそう》会《かい》の招待状《しょうたいじょう》、さらに婦人部員約150人で縫《ぬ》い上げたという、かつて恩師も愛用した「アッシ(樹皮《じゅひ》の繊維《せんい》で作ったアイヌの織物《おりもの》)」が届《とど》けられた。

伸一はできることなら婦人部総会に出席したいと思ったが、開催《かいさい》日には予

海外で奮闘する女性に宛て、峯子は伸一の励ましを手紙に認《したた》める
（第22巻「潮流」の章）

定が入っていた。そこで、峯子が名代《みょうだい》として出席することになる。

伸一と峯子は、〝一心同体《いっしんどうたい》〟であり、〝戦友〟であった。広宣流布《こうせんるふ》の〝盟友《めいゆう》〟でもあった。

峯子は厚田の婦人たちと懇談《こんだん》の場を持ち、さらに婦人部総会の会場となる家を訪問。会場提供者《ていきょう》の夫にも丁重《ていちょう》にあいさつした。その真心のふるまいに理解《りかい》の輪が広がり、未入会だった夫も、のちに妻と同じく広宣流布の陣列《じんれつ》に加わる。

峯子もまた、いずこにあっても常《つね》に伸一と同じ心で、多くの友の激励《げきれい》を重ねていった。

――第27巻「求道」の章

夫妻で作り上げた「母の曲」

「常楽《じょうらく》」の章では、今も歌い継《つ》がれる学会歌（婦人部《ふじんぶ》の歌）「母の曲」が誕生《たんじょう》するまでの背景《はいけい》が綴《つづ》られる。

「母の曲」の歌詞《かし》が発表されたのは、1978（昭和53）年10月21日のこと。婦人部からの要望《ようぼう》をふまえ、山本伸一《やまもとしんいち》がその前夜に作詞したのだ。午後10時半に帰宅《きたく》した伸一が、「さあ、婦人部の歌を作るよ。言うから書きとめてくれないか」と声をかけると、峯子《みねこ》はメモ帳を手に飛んでくる。そして、口述《こうじゅつ》による作詞が始まった。

その過程《かてい》では、「婦人部の歌なんだから、婦人の率直《そっちょく》な声を聞きたいんだよ」と、伸一が峯子に歌詞について意見を求め、夫妻《ふさい》で創価《そうか》の母たちに思いを馳《は》せながら語らう場面も描《えが》かれる。たとえば、「胸《むね》に白ゆり　いざ咲《さ》きぬ」の一節《いっせつ》は、元は「いざ立ちぬ」であったものを、峯子の意見を取り入れて変更《へんこう》したものである。

完成した「母の曲」の歌詞を聴《き》いた婦人たちの反響《はんきょう》は大きかった。

その歌詞には、「母は強し。母は偉大《いだい》なり。母たちありての広布《こうふ》である。母よ、幸せの太陽と輝《かがや》け！」との、伸一の願いが込《こ》められている。

――第29巻「常楽」の章

創価の母への敬意を込めて、「母の曲」を口述で作詞する伸一

婦人部の代表と共に、出来上がったばかりの録音テープを聴く

未来への飛翔《ひしょう》

1979（昭和54）年4月24日、山本伸一《やまもとしんいち》は、19年務《つと》めた創価学会《そうかがっかい》の会長を辞任する。宗門僧《しゅうもんそう》らによる理不尽《りふじん》な学会攻撃《こうげき》を終わらせるために、自《みずか》らが一切の責任《せきにん》をとって会長を退《しりぞ》く。それは、恩師《おんし》・戸田城聖《じょうせい》が「命よりも大切な組織《そしき》」と語った学会の未来を、最愛の会員を守るための決断《けつだん》であった。

同時に、伸一は、これまで十分な時間が取れずにいた、功労者宅《こうろうしゃたく》への家庭訪問《ほうもん》や同志《どうし》の激励《げきれい》に、より力《ちから》を注《そそ》ぐことや、世界平和の建設《けんせつ》に向けた宗教間《しゅうきょうかん》対話や世界の指導者《しどうしゃ》との語らい、仏法を基調《きちょう》とした文化、教育のさらなる推進《すいしん》など、世界へ大きく踏《ふ》み出す未来への展望《てんぼう》を描《えが》いていた。

その夜、伸一の会長辞任と名誉《めいよ》会長への就任《しゅうにん》、新体制《しんたいせい》の発足《ほっそく》を伝える記者会見が開かれた。すべてを終えて帰宅の途《と》についたのは、午後10時ごろのことだった。微笑《ほほえ》みながら玄関《げんかん》で出迎《でむか》える、妻《つま》の峯子《みねこ》。お茶をついで、夫妻《ふさい》の語らいが始まる。

「これで会長は終わったよ」

伸一の言葉《ことば》に、にっこりと頷《うなず》いた。

会長辞任の記者会見を終えた夜、自宅で語り合う

「長い間《あいだ》、ご苦労様でした。体《からだ》を壊《こわ》さず、健康《けんこう》でよかったです。これからは、より大勢《おおぜい》の会員の方に会えますね。世界中の同志の皆《みな》さんのところへも行けます。自由が来ましたね。本当のあなたの仕事ができますね」

心に光が差した思いがした。妻は、会長就任の日を「山本家の葬式《そうしき》」と思い定《さだ》め、この十九年間、懸命《けんめい》に支《ささ》え、共に戦ってくれた。いよいよ「一閻浮《いちえんぶ》提《だい》広宣流布《こうせんるふ》」への平和旅を開始しようと決意した伸一の心も、よく知っていた。彼《かれ》は、深い感謝《かんしゃ》の心をもって、「戦友」という言葉を噛《か》み締《し》めた。

——第30巻(上)「大山」の章

「新しき世紀へ、新しき戦いは開始された」――

1980（昭和55）年4月29日、山本伸一たち一行は、第5次訪中から帰国。
「創価の師弟が分断され、不二の心が失われていけば、広宣流布はできない。
だから私は、同志と共に戦いを開始します」
第30巻（上）「雄飛」の章には、会長辞任の1年後、
満を持して開始された激励行が描かれる

折にふれ、峯子は伸一の思いを書き残してきた。
第19巻「虹の舞」の章では、沖縄訪問の際、空に美しい、
大きな虹がかかったときの夫妻の姿が綴られている。

「和やかに　天に虹舞い　友も舞う」
「真心は　虹と開きて　勇み春」

伸一が句を口にすると、峯子がそれを書き留めた。
小説『人間革命』執筆開始の地・沖縄で、〝新たな歴史〟をつくる
夫妻の励ましは、帰途につく間際まで続けられた

どこまでも師と共に

1981（昭和56）年、いよいよ本格的《ほんかくてき》な世界広布《こうふ》の指揮《しき》を執《と》るため、山本伸一《やまもとしんいち》は年頭《ねんとう》から世界へ出発する。1月は、ハワイ、ロサンゼルス、マイアミなどを回り、2月からはパナマ、メキシコを訪問《ほうもん》。休む間《ま》もなく、5月からはソ連、欧州《おうしゅう》、北米へと飛び立ち、世界の同志《どうし》を激励《げきれい》すると共に、識者《しきしゃ》と対話を重ねている。

3月2日、メキシコ市を訪問していた伸一は、峯子《みねこ》と独立記念塔《どくりつきねんとう》の前に立つ。「ここだったね」と言う伸一に、「そうでしたね」と答える峯子。この場所は、恩師《おんし》・戸田城聖《じょうせい》が語った思い出の地だった。逝去《せいきょ》の10日ほど前、戸田は「メキシコへ行った夢を見たよ」と伸一を呼《よ》び、衰弱《すいじゃく》した体で力《ちから》を振《ふ》り絞《しぼ》るように「君の本当の舞台《ぶたい》は世界だよ」「伸一、生きろ。うんと生きるんだぞ。そして、世界に征《ゆ》くんだ」と語り残す。この師弟の語らいを、伸一は峯子にも詳細《しょうさい》に話してきた。恩師を思い、伸一は心に期《き》す。

〝先生！　私は、世界を駆《か》け巡《めぐ》っております。必《かなら》ずや、世界広布《こうふ》の堅固《けんご》な礎《いしずえ》を築《きず》いてまいります。先生に代《か》わって！〟

誓《ちか》いを新《あら》たにする彼《かれ》に、峯子が言った。

恩師を思い、夫妻の語らいが弾む

「今日《きょう》二日は、戸田先生のご命日《めいにち》ですね」

「そうなんだよ。その日に、車《くるま》を降《お》りて歩《ある》いていたら、ここに来ていた」

「きっと、先生が連《つ》れてきてくださったんですね」

二人《ふたり》は頷《うなず》き合《あ》いながら、記念塔《きねんとう》を仰《あお》いだ。

小説『新・人間革命』には、恩師を偲《しの》び、語らう夫妻《ふさい》の様子《ようす》が随所《ずいしょ》に描《えが》かれている。世界に幸福と平和を広げゆく伸一と峯子の闘争《とうそう》は、常《つね》に師と共に歩む道であった。

――第30巻(上)「雄飛」の章

原稿を手に微笑み合う夫妻。（画「起稿の歓び」）

連載中の心境について、次のように綴られている。
「一日一日が、全精魂《せいこん》を注いでの真剣勝負となった。
全国、全世界の各地で、健気《けなげ》に信心に励む宝の同志を
思い浮かべながら、生命《いのち》の言葉を紡《つむ》ぎ出し、
一人ひとりに励ましの便りを送る思いで推敲《すいこう》を重ねた。
それはまた、わが胸中の恩師と対話しながらの作業でもあった」※1

小説『新・人間革命』の執筆《しっぴつ》は、池田大作ＳＧＩ（創価学会インタナショナル）会長が国内外を駆《か》け巡《めぐ》る激務《げきむ》のなかで、続けられました。海外の歴史《れきし》ある大学での講演《こうえん》、各国の指導者《しどうしゃ》や識者《しきしゃ》との会見、重要な会合への出席、メンバー一人ひとりへの激励《げきれい》。まさに、「〝限りある命の時間との壮絶《そうぜつ》な闘争《とうそう》〟と、覚悟《かくご》しての執筆」[※2]でした。

そうした日々のなかで積《つ》み重《かさ》ねられた新聞連載《れんさい》は、『人間革命』全12巻《かん》は１５０９回、『新・人間革命』全30巻は６４６９回、連載回数は通算７９７８回となり、日本の新聞小説史上、最多となります。そして今、日本だけではなく、『人間革命』は９言語、『新・人間革命』は13もの言語に翻訳《ほんやく》され、世界各地に感動を広げています。

※1、2：第30巻（下）「あとがき」

第2章

女性に贈る 励ましの言葉

小説『新・人間革命』名言集

小説『新・人間革命』は、人生を照《て》らす〝励《はげ》ましの言葉〟に満ちあふれています。
女性《じょせい》をはじめ、すべての人へ――。
生涯《しょうがい》の指針《ししん》として、日々の実践《じっせん》の糧《かて》として、そして友に寄《よ》り添《そ》い語らう時に、
心に刻《きざ》んでおきたい珠玉《しゅぎょく》の名言を抜粋《ばっすい》しました。

※下欄に、巻数・章名・ページ数を記載しました。✿は、(中略)を表します。

Ⅰ　幸福への道

幸福とは

幸福《こうふく》というものは、自分《じぶん》の外《そと》にあるのではありません。
自分の生命《せいめい》のなかにある。
私たちの胸中《きょうちゅう》に幸福のダイヤモンドが、幸福の大宮殿《だいきゅうでん》があるんです。
だから、何があっても、
信心《しんじん》を根本《こんぽん》に自分の生命を磨《みが》いていくことです。

第5巻「歓喜」
101p

感謝《かんしゃ》があり、ありがたいなと思《おも》えれば、歓喜《かんき》が湧《わ》いてくる。
歓喜があれば、勇気《ゆうき》も出てくる。
人に報《むく》いよう、頑張《がんば》ろうという気持《きも》ちにもなる。
感謝がある人は幸《しあわ》せであるというのが、
多くの人びとを見てきた、私の結論《けつろん》でもあるんです。

第9巻「光彩」
306p

人生《じんせい》の充実感《じゅうじつかん》や痛快《つうかい》さは、
幾《いく》つ苦難《くなん》を乗《の》り越《こ》えてきたかによって決まります。
いかに年齢《ねんれい》を重《かさ》ねようが、苦闘《くとう》がなければ精神《せいしん》は空疎《くうそ》です。
自分の幸福のため、充実のために、自《みずか》ら戦《たたか》いを起《お》こすことです。
そして、自身《じしん》の挑戦《ちょうせん》のドラマをつくるんです。

第17巻「本陣」
95p

自分《じぶん》という小さな殻《から》にこもり、自身《じしん》の幸福《こうふく》だけを願《ねが》っていたのでは、
本当の幸福をつかむことはできない。
自分も、周囲《しゅうい》の人も、自他《じた》ともに幸《しあわ》せになっていってこそ、真実《しんじつ》の幸福です。

第5巻「歓喜」
116p

✻

どうか、自分だけの幸福をめざす人生《じんせい》から、
人びとの幸せを考え、祈《いの》る、
新《あら》たな人生への、力強《ちからづよ》い歩《あゆ》みを開始《かいし》していってください。

幸せといっても、自分の身近《みぢか》なところにあるんです。
たとえば、家庭《かてい》で、隣近所《となりきんじょ》とのつきあいのなかで、
あるいは、職場《しょくば》で、いい人間関係《にんげんかんけい》をつくれるかどうかです。
そして、心から感謝《かんしゃ》でき、幸せだと思える――そこに、幸福があるんです。

第24巻「人間教育」
198p

桜《おう》梅《ばい》桃《とう》李《り》

自分はどこまでいっても自分なのですから、他人《たにん》を羨《うらや》んでも仕方《しかた》ありません。
人間には短所《たんしょ》もあれば、長所《ちょうしょ》もある。
だから、自分を見つめ、長所を発見し、それを伸《の》ばしていけばいいんです。
そこに価値《かち》の創造《そうぞう》もある。

第6巻「宝土」
37p

自分のハンディや欠点《けってん》を自覚《じかく》し、
その克服《こくふく》のために、懸命《けんめい》に挑戦《ちょうせん》を開始《かいし》する時、
それは新《あら》たな長所となって輝《かがや》く。そこに信心《しんじん》の力《ちから》がある。

第18巻「師子吼」
14p

よく戸田先生《とだせんせい》は、こんな譬《たと》えを引かれていました。
――川《かわ》がある。川幅《はば》や流《なが》れの形《かたち》は、基本的《きほんてき》には変わらない。これが性格《せいかく》である。
しかし、泥水《どろみず》が流れ、飲《の》むこともできなかった川の水を、
清浄極《せいじょうきわ》まりない水に変えることができる。
これが信心《しんじん》の力《ちから》であり、人間革命《にんげんかくめい》ということである。
自分《じぶん》の性格というのは、いわば個性《こせい》です。そこに自分らしさもある。
その自分のまま、桜《さくら》は桜、梅《うめ》は梅、桃《もも》は桃、李《すもも》は李として、
それぞれが自分の個性を最大《さいだい》に生かしながら、
最高《さいこう》の人生《じんせい》を歩《あゆ》んでいけるのが、日蓮大聖人《にちれんだいしょうにん》の仏法《ぶっぽう》なんです。

第27巻「激闘」
313p

人間革命といっても、決《けっ》して特別《とくべつ》なことではないんです。
一例《いちれい》をあげれば、子《こ》どもや夫《おっと》への接《せっ》し方《かた》一《ひと》つにも表《あらわ》れます。
いつも怒《おこ》りっぽかったのに、怒らなくなった。
笑顔《えがお》で接するようになった。
よく気遣《きづか》いができるようになった。
子どもの言うことを、ちゃんと聞いてあげられるようになった――
それが、人間革命なんです。

第24巻「人間教育」
198p

師弟

学問《がくもん》でも、武道《ぶどう》でも、あるいは芸《げい》の道《みち》でも、
何かを学《まな》び、究《きわ》めようとするならば、必《かなら》ず師匠《ししょう》、指導者《しどうしゃ》が必要《ひつよう》です。
ましてや人生《じんせい》の真実《しんじつ》の価値《かち》を教《おし》え、人間《にんげん》の生《い》き方《かた》を説《と》く仏法《ぶっぽう》を学ぶには、
師匠の存在《そんざい》は不可欠《ふかけつ》です。
師匠がいないということは、
生き方の具体的《ぐたいてき》な規範《きはん》がないということなんです。

第17巻「本陣」
17p

単《たん》に断片的《だんぺんてき》な知識《ちしき》を得《え》るだけならば、書物《しょもつ》があれば、
師はなくてもよいかもしれません。
しかし、人生の真理《しんり》を探究《たんきゅう》する、また、人間を育《はぐく》むという作業《さぎょう》は、
人格《じんかく》を通《とお》してのみ行《おこな》われるものです。
ゆえに教育《きょういく》には、「師弟《してい》」が不可欠であると思います。

第19巻「凱歌」
125p

師弟の絆《きずな》の強さは、物理的《ぶつりてき》な距離《きょり》によって決まるのではない。
己心《こしん》に師が常住《じょうじゅう》していてこそ、
最強《さいきょう》の絆で結《むす》ばれた弟子《でし》であり、そこに師弟不二《ふに》の大道《だいどう》があるのだ。

第27巻「求道」
433p

祈り

思《おも》いやりも、友情《ゆうじょう》も、祈《いの》りから始《はじ》まる。
祈りこそ、人間《にんげん》と人間を結びゆく力《ちから》である。

第11巻「開墾」
143p

題目《だいもく》を唱《とな》えているから、守《まも》られるだろうと考《かんが》え、
注意を怠《おこた》るなら、まことの信仰《しんこう》ではない。
信心《しんじん》しているからこそ、
油断《ゆだん》しないで、絶対《ぜったい》に事故《じこ》を起《お》こすまいと
懸命《けんめい》に努力《どりょく》し、工夫《くふう》していってこそ本当《ほんとう》の信心です。
その時に題目の力《ちから》が、智慧《ちえ》となり、福運《ふくうん》となって生きてくるのです。

第1巻「慈光」
235p

苦《くる》しい時、悲《かな》しい時、辛《つら》い時には、
子どもが母《はは》の腕《かいな》に身《み》を投《な》げ出《だ》し、すがりつくように、
「御本尊様《ごほんぞんさま》！」と言って、無心《むしん》にぶつかっていけばいいんです。
御本尊は、なんでも聞いてくださる。
思いのたけを打《う》ち明《あ》けるように、対話《たいわ》するように、唱題《しょうだい》を重《かさ》ねていくんです。
やがて、地獄《じごく》の苦しみであっても、嘘《うそ》のように、露《つゆ》のごとく消《き》え去《さ》ります。

第11巻「開墾」
138p

いっさいをよい方向《ほうこう》に考《かんが》え、さらに前へ、前へと、進《すす》んでいくことが大事《だいじ》です。
時には、祈《いの》っても、思《おも》い通《どお》りにならない場合《ばあい》もあるかもしれない。
でも、それは、必《かなら》ず何か意味《いみ》があるんです。
最終的《さいしゅうてき》には、それでよかったのだと、
心《こころ》の底《そこ》から、納得《なっとく》できるものなんです。

第16巻「入魂」
38p

どんな険路《けんろ》でも、エンジンが強力《きょうりょく》で快調《かいちょう》であれば、
車《くるま》は前進《ぜんしん》することができる。
このエンジンに該当《がいとう》する、
何ものにも負《ま》けない挑戦《ちょうせん》と創造《そうぞう》の原動力《げんどうりょく》が勤行《ごんぎょう》なんです。
勤行し、しっかりお題目《だいもく》を唱《とな》えている人は、
最強《さいきょう》のエンジンがフル回転《かいてん》しているようなものです。

第18巻「師恩」
122p

試練《しれん》に次《つ》ぐ試練、涙《なみだ》また涙というのが、現実《げんじつ》の社会《しゃかい》といえます。
そのなかで人生《じんせい》に勝利《しょうり》していくには、唱題《しょうだい》しかありません。
信心強《しんじんつよ》き人とは、
何があっても〝題目を唱えよう〟と、御本尊《ごほんぞん》に向かえる人です。
その持続《じぞく》の一念《いちねん》が強ければ強いほど、
磁石《じしゃく》が鉄《てつ》を吸《す》い寄《よ》せるように福運《ふくうん》がついていきます。

第26巻「法旗」
141p

苦楽《くらく》ともに唱題し抜《ぬ》く。
その弛《たゆ》みなき精進《しょうじん》のなかに、持続の信心のなかに、
宿命《しゅくめい》の転換《てんかん》も、人間革命《にんげんかくめい》もあるんです。
〝題目を唱えることが、楽しくて、嬉《うれ》しくてしょうがない〟
と実感《じっかん》できるようになれば本物《ほんもの》です。

第28巻「大道」
169p

教学

人間《にんげん》の感情《かんじょう》は、移《うつ》ろいやすい。
燃《も》え立つばかりの信仰《しんこう》への情熱《じょうねつ》も、時には冷《さ》め、心揺《こころゆ》らぐこともある。
その時に、自《みずか》らの進《すす》むべき信仰の道《みち》を照《て》らし出すのが教学《きょうがく》である。
また、仏法者《ぶっぽうしゃ》の生《い》き方《かた》の根幹《こんかん》をなす哲学《てつがく》を身《み》につけることも、
教学を学《まな》ぶことから始《はじ》まる。

第5巻「勝利」
244p

戸田先生《とだせんせい》は、常《つね》に、「女子部《じょしぶ》は教学で立ちなさい」と言われていた。
それは、幸福《こうふく》になっていくためには、
生命《せいめい》の法理《ほうり》に立脚《りっきゃく》した人生《じんせい》の哲学が不可欠《ふかけつ》だからなんです。
また、本当《ほんとう》の意味《いみ》で、女性《じょせい》が人間として自立《じりつ》していく道が、
そこにあるからなんです。

第25巻「人材城」
316p

人間の幸《こう》・不幸《ふこう》は、
いかなる哲学を根幹《こんかん》にするかによって決定《けってい》づけられてしまう。
そして、究極《きゅうきょく》の智慧《ちえ》、叡知《えいち》を凝結《ぎょうけつ》した御書《ごしょ》を
依処《えしょ》にしていくなかに、福運《ふくうん》の軌道《きどう》があるんです。

第17巻「本陣」
42p

一般《いっぱん》の教養書《きょうようしょ》などを読《よ》むことも大事《だいじ》です。
しかし、人生の確《たし》かな哲学の骨格《こっかく》をつくる意味から、
まず、御書を読破《どくは》していくようにしたい。
難解《なんかい》な箇所《かしょ》もあるかもしれないが、
御書をすべて拝《はい》しておけば、それが一《ひと》つの自信《じしん》にもなる。
したがって、一日《いちにち》に三十分でも、あるいは、五ページぐらいでもいいから、
着実《ちゃくじつ》に学んでいっていただきたい。そして、わからないところがあれば、
皆《みな》で集《あつ》まって、ディスカッションし、研鑽《けんさん》していってもらいたい。

第22巻「波濤」
287p

陰徳《いんとく》

自分《じぶん》が動《うご》いた分《ぶん》だけ、苦労した分だけ、
自分を輝《かがや》かせていけるのが仏法《ぶっぽう》です。

第7巻「萌芽」
159p

一人《ひとり》の人が成長《せいちょう》し、人材《じんざい》に育っていく陰《かげ》には、
親身《しんみ》になって、育成《いくせい》してくれた先輩《せんぱい》が必《かなら》ずいるものだ。
たとえ、光《ひかり》があたることはなくとも、
その先輩こそが、まことの功労者《こうろうしゃ》であり、
三世《さんぜ》にわたる無量《むりょう》の功徳《くどく》、福運《ふくうん》を積《つ》んでいることは間違《まちが》いない。

第3巻「仏法西還」
55p

偉業《いぎょう》というものは、賞讃《しょうさん》も喝采《かっさい》もないなかで、
黙々《もくもく》と静《しず》かに、成《な》し遂《と》げられていくものといえる。

第11巻「常勝」
216p

家《いえ》でも、土台《どだい》というのは見えない。
車《くるま》でも、エンジンは人の目には触《ふ》れない。
人間《にんげん》の体《からだ》にしても、心臓《しんぞう》を見ることはできない。
ものごとを支《ささ》えている、本当《ほんとう》に大切《たいせつ》な力《ちから》は、
いつも陰に隠《かく》れているものなんだよ。

第4巻「青葉」
196p

負けない心

大事《だいじ》なことは、自分《じぶん》の境涯《きょうがい》の革命《かくめい》だよ。
地表《ちひょう》から見ている時には、限《かぎ》りなく高く感《かん》じられる石《いし》の壁《かべ》も、
飛行機《ひこうき》から眺《なが》めれば、地にへばりついているような、低《ひく》い境目《さかいめ》にしか見えない。
同じように、自分の境涯が変われば、
物事《ものごと》の感じ方《かた》、とらえ方も変わっていくものだ。
逆境《ぎゃっきょう》も、苦難《くなん》も、
人生《じんせい》のドラマを楽《たの》しむように、悠々《ゆうゆう》と乗《の》り越《こ》えていくことができる。

第7巻「萌芽」
115p

眼前《がんぜん》の課題《かだい》に一《ひと》つ一つ挑戦《ちょうせん》し、勝利《しょうり》していくなかに、
栄光《えいこう》の未来《みらい》が開かれる。人生の勝利者とは、今日《きょう》を勝《か》ち抜《ぬ》く人である。

第7巻「萌芽」
142p

苦悩《くのう》なき人生はない。
それらの苦悩、宿命《しゅくめい》との格闘劇《かくとうげき》が、人生といえるかもしれない。
その宿命を転換《てんかん》し、人生を勝ち越えていく、
勇気《ゆうき》と力《ちから》の源泉《げんせん》が、仏法《ぶっぽう》であり、信仰《しんこう》なのだ。
そして、苦悩に負《ま》けない自身《じしん》をつくり上げる場《ば》こそが、学会活動《がっかいかつどう》なのである。

第23巻「敢闘」
290p

人は、窮地《きゅうち》に陥《おちい》ったから不幸《ふこう》なのではない。
絶望《ぜつぼう》し、悲観《ひかん》することによって不幸になるんです。

第16巻「羽ばたき」
252p

信仰《しんこう》とは、不信《ふしん》、すなわち揺《ゆ》らぐ心《こころ》との精神《せいしん》の闘争《とうそう》である。
〝自分《じぶん》など、幸《しあわ》せになれないのではないか。何もできやしないのだ〟
といった心の迷《まよ》い、弱《よわ》さを打《う》ち破《やぶ》り、
胸中《きょうちゅう》の妙法《みょうほう》を涌現《ゆげん》させ、絶対的《ぜったいてき》確信《かくしん》を打ち立てる戦《たたか》いであるといってよい。

第26巻「法旗」
192p

いざ困難《こんなん》に出くわし、窮地《きゅうち》に立たされると、
〝もう駄目《だめ》だ〟とあきらめてしまう。
しかし、実《じつ》は、困難の度《ど》が深《ふか》まれば深まるほど、
もう少《すこ》しで、それを乗《の》り越《こ》えられるところまできているんです。
闇《やみ》が深ければ深いほど、暁《あかつき》は近《ちか》い。
ゆえに、最後《さいご》の粘《ねば》りが、勝利《しょうり》への一念《いちねん》を凝縮《ぎょうしゅく》した最後の瞬発力《しゅんぱつりょく》が、
人生《じんせい》の勝敗《しょうはい》を決《けっ》していくんです。

第22巻「命宝」
392p

勝《か》った時に、成功《せいこう》した時に、
未来《みらい》の敗北《はいぼく》と失敗《しっぱい》の因《いん》をつくることもある。
負《ま》けた、失敗したという時に、
未来の永遠《えいえん》の大勝利《だいしょうり》の因をつくることもある。

第11巻「暁光」
81p

II 豊かな人生

青春時代

青年にとって大事《だいじ》なことは、
どういう立場《たちば》、どういう境遇《きょうぐう》にあろうが、自《みずか》らを卑下《ひげ》しないことです。
何があっても、楽《たの》しみながら、
自身《じしん》の無限《むげん》の可能性《かのうせい》を開いていくのが信心《しんじん》だからです。
もし、自分《じぶん》なんかだめなんだと思えば、
その瞬間《しゅんかん》から、自身の可能性を、自ら摘《つ》み取ってしまうことになる。
未来をどう開くかの鍵《かぎ》は、すべて、現在《げんざい》のわが一念《いちねん》にある。
今、張《は》り合いをもって、生きているかどうかです。

第4巻「凱旋」
81p

青春時代《せいしゅんじだい》の清《きよ》らかな誓《ちか》いを忘《わす》れずに前進《ぜんしん》していくためには、
激励《げきれい》し合っていける友人《ゆうじん》が大事《だいじ》になる。

第13巻「金の橋」
48p

未来のために、自分を磨《みが》き抜《ぬ》いてください。
それには、学会活動《がっかいかつどう》で、うんと苦労《くろう》することです。
今は大変《たいへん》であっても、その苦労が自分の生命《せいめい》を輝《かがや》かせ、
何があっても崩《くず》れない、大福運《だいふくうん》となっていきます。

第13巻「光城」
256p

人生《じんせい》を幸福《こうふく》に生き、全《まっと》うしていくための、
堅固《けんご》な土台《どだい》をつくるのが、女子部《じょしぶ》の時代なんです。
若い時代に、懸命《けんめい》に信心《しんじん》に励《はげ》み、
将来《しょうらい》、何があっても負《ま》けない、強《つよ》い生命《せいめい》を培《つちか》い、
福運《ふくうん》を積《つ》んでいくことが大事《だいじ》です。

第23巻「敢闘」
290p

結婚

結婚生活《けっこんせいかつ》を幸《しあわ》せなものにしていくかどうかは、その後《ご》の夫婦《ふうふ》の努力次第《どりょくしだい》です。
また、結婚し、環境《かんきょう》が変わったからといって、
自分《じぶん》の宿命《しゅくめい》が変わるわけではありません。
どこで、誰《だれ》と暮《く》らそうが、
病気《びょうき》の宿業《しゅくごう》があれば、病気で苦《くる》しまなければならないし、
経済苦《けいざいく》の宿業があれば、経済苦で悩《なや》まなければならない。
だから、その宿業を、どう打開《だかい》していくかです。
そして、どんな苦悩《くのう》にも負《ま》けることなく、
堂々《どうどう》と乗《の》り越《こ》えていける生命力《せいめいりょく》を培《つちか》っていくことです。
その源泉《げんせん》となっていくのが信心なんです。

第5巻「歓喜」
100p

女性《じょせい》の幸《しあわ》せとは、人間《にんげん》の幸せとは、
学歴《がくれき》や財産《ざいさん》、あるいは結婚《けっこん》といったことで決まるものではない。
すべては、人間として、自分《じぶん》に勝《か》つ強《つよ》さをもつことから始《はじ》まる。

第5巻「勝利」
237p

お舅《しゅうと》さん、お姑《しゅうとめ》さんを、恩人《おんじん》と思《おも》い、
大切《たいせつ》な人生《じんせい》の先輩《せんぱい》として、最高《さいこう》に遇《ぐう》していくことです。
お年寄《としよ》りを大切にすれば、将来《しょうらい》、自分が大切にされます。
それが因果《いんが》の理法《りほう》です。

第22巻「波濤」
279p

結婚は、自分の意思《いし》が最重要《さいじゅうよう》であるのは言うまでもないが、
若《わか》いということは、人生経験《じんせいけいけん》も乏《とぼ》しく、未熟《みじゅく》な面《めん》もあることは否定《ひてい》できない。
ゆえに、両親《りょうしん》や身近《みぢか》な先輩《せんぱい》のアドバイスを受け、
周囲《しゅうい》の方々《かたがた》から祝福《しゅくふく》されて結婚することが大切であると申《もう》し上《あ》げたい。
また、結婚すれば、生涯《しょうがい》、苦楽《くらく》を共《とも》にしていくことになる。
人生にはいかなる宿命《しゅくめい》があり、試練《しれん》が待《ま》ち受けているか、わからない。
それを二人《ふたり》で乗《の》り越《こ》えていくには、互《たが》いの愛情《あいじょう》はもとより、
思想《しそう》、哲学《てつがく》、なかんずく信仰《しんこう》という人生の基盤《きばん》の上に、
一《ひと》つの共通《きょうつう》の目的《もくてき》をもって進《すす》んでいくことが重要になる。
二人が共に信心《しんじん》をしている場合《ばあい》は、
切磋琢磨《せっさたくま》し、信心、人格《じんかく》を磨《みが》き合う関係《かんけい》を築《きず》いていただきたい。
もし、恋愛《れんあい》することで組織《そしき》から遠《とお》ざかり、
信心の歓喜《かんき》も失《うしな》われ、向上《こうじょう》、成長《せいちょう》もなくなってしまえば、自分が不幸《ふこう》です。

第30巻（上）「暁鐘」（前半）
403p

母

子《こ》を思《おも》う母《はは》の祈《いの》りが通《つう》じぬわけがない。
母の祈りには、海《うみ》よりも深《ふか》い慈愛《じあい》がある。

第19巻「宝塔」
311p

ご家庭《かてい》でも、何があっても、
お母《かあ》さんが悠然《ゆうぜん》としていれば、子どもは安心します。
その強《つよ》さこそが、愛情《あいじょう》なんです。
それが、子どもを守《まも》ることにもつながります。

第23巻「未来」
53p

お母さんの学《まな》ぼうという姿勢《しせい》は、
必ず子どもたちにも伝《つた》わるものだ。
生《い》き方《かた》を示《しめ》すことが、最高《さいこう》の教育《きょういく》になる。

第23巻「学光」
162p

母は、子どもにとって最初《さいしょ》の教師《きょうし》であり、生涯《しょうがい》の教師でもある。
それゆえ、母が、確固《かっこ》たる人生《じんせい》の根本《こんぽん》の思想《しそう》と哲学《てつがく》をもつことが、
どれほど人間教育《にんげんきょういく》の力《ちから》となるか。
人間完成《かんせい》へと向かう母の不断《ふだん》の努力《どりょく》が、どれほど社会《しゃかい》に価値《かち》を創造《そうぞう》するか。
母が、境涯《きょうがい》を高め、聡明《そうめい》さを身《み》につけていった時、
母性《ぼせい》は、崇高《すうこう》なる人間性の宝石《ほうせき》として永遠《えいえん》なる光《ひかり》を放《はな》つのだ。

第24巻「母の詩」
74p

親から子へ

親子《おやこ》の信頼《しんらい》といっても、まず約束《やくそく》を守《まも》るところから始《はじ》まる。
もちろん、時には守れないこともあるにちがいない。
その場合《ばあい》でも、なんらかのかたちで約束を果《は》たそうとする、
人間《にんげん》としての誠実《せいじつ》さは子《こ》どもに伝《つた》わる。
それが〝信頼の絆《きずな》〟をつくりあげていくのだ。

第２巻「民衆の旗」
330p

人間は、常《つね》に幾《いく》つもの課題《かだい》をかかえているものだ。
大事《だいじ》なことは、〝すべてやり切る〟と心《こころ》を定《さだ》め、
その時、その時の自身《じしん》の課題に専念《せんねん》し、全力《ぜんりょく》で取《と》り組《く》んでいくことである。
子どもと接《せっ》している時に仕事《しごと》のことで悩《なや》み、
仕事中に子どものことに心を奪《うば》われていれば、
どちらも中途半端《ちゅうとはんぱ》になってしまう。
日蓮大聖人《にちれんだいしょうにん》は
「一人の心なれども二つの心あれば其《そ》の心たが《違》いて成《じょう》ずる事《こと》なし」
(御書《ごしょ》一四六三㌻)と仰《おお》せである。
その時々《ときどき》のテーマに集中《しゅうちゅう》し、
情熱《じょうねつ》を込《こ》め、全力を出し切っていくこと、
そして、クヨクヨせず、常に朗《ほが》らかに前を見つめていくことが、
何役《なんやく》もの役割《やくわり》を果たしていく秘訣《ひけつ》といえよう。

第21巻「宝冠」
356p

母親《ははおや》が不幸《ふこう》に苦《くる》しむ人のために、懸命《けんめい》に汗《あせ》を流《なが》し、それを誇《ほこ》りとし、
喜《よろこ》びとしている姿《すがた》を見て育《そだ》てば、
子《こ》どもも、自然《しぜん》に信心《しんじん》に目覚《めざ》めていくものである。

第2巻「民衆の旗」
333p

親《おや》から子へと、信心のバトンが確実《かくじつ》に手渡《てわた》されていってこそ、
広宣流布《こうせんるふ》の流れは、永遠《えいえん》のものとなる。
なかには、子どもが信心に励《はげ》んでいないケースもあろう。
しかし、焦《あせ》る必要《ひつよう》はないし、肩身《かたみ》の狭《せま》い思《おも》いをする必要もない。
勝負《しょうぶ》は一生《いっしょう》である。
日々《ひび》、子どもを思い、その成長《せいちょう》と幸《しあわ》せを祈《いの》り、対話《たいわ》を重《かさ》ねていくことだ。
また、学会《がっかい》の青年《せいねん》や未来部員《みらいぶいん》を、わが子と思い、
真心《まごころ》を尽《つ》くして、温《あたた》かく励ましていくことである。

第26巻「勇将」
237p

一家和楽

自分《じぶん》を、家庭《かてい》を大切《たいせつ》にしていってください。
信心も、広宣流布《こうせんるふ》も、家庭の姿《すがた》のなかに集約《しゅうやく》されてしまうものだからです。
なかには、ご主人《しゅじん》や子どもさんが未入会《みにゅうかい》というケースもあるでしょう。
しかし、決《けっ》して焦る必要《ひつよう》はありません。
良《よ》き妻《つま》、良き母親として、聡明《そうめい》に家族《かぞく》を守《まも》り、
温《あたた》かい、愛情《あいじょう》にあふれた家庭をつくっていくことです。
そして、真剣《しんけん》に幸福《こうふく》を祈《いの》っていくことです。

第26巻「法旗」
142p

どんなに忙《いそが》しくとも、家族《かぞく》への配慮《はいりょ》を忘《わす》れてはならない。
それが信心《しんじん》なんです。
それが、一家和楽《いっかわらく》の勝利《しょうり》への道《みち》です。

第9巻「光彩」
293p

両親《りょうしん》を大切《たいせつ》にするんだよ。
実《じつ》は、それが仏法《ぶっぽう》に通《つう》じていくんです。
仏法というのは、人間《にんげん》の道を説《と》いているんです。

第23巻「敢闘」
363p

信心していても、娘《むすめ》や息子《むすこ》、あるいはお嫁《よめ》さんとうまくいかない、夫婦仲《ふうふなか》が悪《わる》いなどといった悩《なや》みをかかえておられる方《かた》もいることと思《おも》います。この人間関係《にんげんかんけい》の亀裂《きれつ》を埋《う》めていくものは、結論《けつろん》から言えば、信心しかありません。信心によって、自分《じぶん》の境涯《きょうがい》を開き、生命《せいめい》を変え、人間革命《にんげんかくめい》していく以外《いがい》にないんです。

親《おや》も、夫《おっと》も、兄弟姉妹《きょうだいしまい》も、子《こ》どもも、自分の置《お》かれた現実《げんじつ》であり、それは、宿縁《しゅくえん》によって結《むす》ばれているんです。

その環境《かんきょう》から逃《に》げ出すわけにはいきません。

では、どうすればよいのか。

人間関係がうまくいかない理由《りゆう》を、周囲《しゅうい》のせいにするのではなく、自分が変わっていくことです。

第26巻「勇将」
226p

健康

健康《けんこう》とは、単《たん》に病気《びょうき》ではないという状態《じょうたい》をさすものではない。
また、身体《しんたい》が強健《きょうけん》であることのみで、健康であるとは言えません。
心身《しんしん》ともに、健全《けんぜん》に、生き生きとした創造《そうぞう》の営《いとな》みを
織《お》り成《な》していくところにこそ、真《しん》の健康がある。

第22巻「命宝」
354p

仏法《ぶっぽう》は道理《どうり》です。信心《しんじん》をしているから、
不摂生《ふせっせい》な生活《せいかつ》をしていても、大丈夫《だいじょうぶ》だなどと考えるのは間違《まちが》いです。
〝健康になるぞ!〟と深《ふか》く決意《けつい》し、唱題《しょうだい》に励《はげ》み、
聡明《そうめい》に、規則《きそく》正《ただ》しい生活を送《おく》っていく。それが信仰者《しんこうしゃ》の姿《すがた》です——。

第29巻「常楽」
92p

〝健康になろう〟〝健康であろう〟と決め、日々《ひび》、朗々《ろうろう》と唱題し、
満々《まんまん》たる生命力《せいめいりょく》を涌現《ゆげん》させて、勇《いさ》んで活動《かつどう》に励《はげ》むんです。
そして、食事《しょくじ》、睡眠《すいみん》、運動《うんどう》などに、留意《りゅうい》していくことが、
健康のためには必要不可欠《ひつようふかけつ》です。

第25巻「人材城」
324p

生命《せいめい》の根源《こんげん》においては、
健康と病気は、本来《ほんらい》、一体《いったい》であり、〝健病不二《けんびょうふに》〟なんです。
ある時は、健康な状態として現《あらわ》れることもあれば、
ある時は病気の状態となって現れることもある。
この両者《りょうしゃ》は、互《たが》いに関連《かんれん》し合っているがゆえに、
信心に励み、病気と闘《たたか》うことによって、
心身ともに、真実《しんじつ》の健康を確立《かくりつ》していくことができるんです。

第10巻「桂冠」
304p

生死を超えて

御書《ごしょ》には、生死《しょうじ》の根本的《こんぽんてき》な解決《かいけつ》の方途《ほうと》が示《しめ》されている。
御書を拝《はい》し、仏法《ぶっぽう》の眼《まなこ》を開いていくならば、
死《し》も決《けっ》して恐《おそ》れるに足《た》らないものであることがわかる。
また、唱題《しょうだい》に励《はげ》むことによって、それを実感《じっかん》し、確信《かくしん》することができる。
もちろん、最愛《さいあい》の夫《おっと》の死は、悲《かな》しいのは当然《とうぜん》です。
しかし、そのことと、悲しみに負《ま》けてしまうこととは違《ちが》う。
人間《にんげん》は死を避《さ》けることはできない。
死という問題《もんだい》に直面《ちょくめん》した時には、人は無力《むりょく》にならざるをえない。
だが、仏法にだけは、
そして、信心《しんじん》にだけは、その死の問題の確《たし》かな解決の道《みち》がある。

第8巻「激流」
306p

なかには、生まれて間《ま》もなく、病《やまい》などによって、早世《そうせい》する子《こ》どももいる。
しかし、生命《せいめい》は永遠《えいえん》である。
今世《こんぜ》で妙法《みょうほう》に巡《めぐ》り合えたこと自体《じたい》が、
宿命転換《しゅくめいてんかん》の道が大きく開かれたことである。
父《ちち》や母《はは》、家族《かぞく》などを、発心《ほっしん》させゆく使命《しめい》をもっての出生《しゅっしょう》ともいえる。
親子《おやこ》となって生まれてくる宿縁《しゅくえん》は、限《かぎ》りなく深《ふか》い。
親子は一体《いったい》である。
子の他界《たかい》を契機《けいき》に、親が信心を深め、境涯《きょうがい》を開くことが、
結果的《けっかてき》に、その子の使命を決《けっ》するともいえよう。

第24巻「母の詩」
79p

——嘆《なげ》き悲《かな》しみ、落胆《らくたん》し、涙《なみだ》を拭《ぬぐ》い続《つづ》けている自分《じぶん》なのか。
それとも、太陽《たいよう》に向かって顔《かお》を上げ、
ご主人《しゅじん》の分《ぶん》まで、広宣流布《こうせんるふ》に生《い》き抜《ぬ》こうとしている自分なのか。
あなたがめそめそしていれば、ご主人も悲しみます。
しかし、悲しみの淵《ふち》から立ち上がり、満面《まんめん》に笑《え》みを浮《う》かべ、
広布《こうふ》に走《はし》る時、ご主人は喜《よろこ》びの涙で眼《まなこ》を潤《うる》ませるでしょう。
〝頑張《がんば》っているな！　偉《えら》いぞ！〟と喝采《かっさい》を送《おく》るでしょう。
それが、ご主人への追善《ついぜん》となるんです。
強《つよ》く、強く生きるんですよ。

第27巻「求道」
381p

生涯青春

若《わか》くても、老《お》いている人もいる。年《とし》は老いても若い人もいる。
人間《にんげん》の若さの最大《さいだい》の要因《よういん》は、常《つね》に向上《こうじょう》の心《こころ》を忘《わす》れない、
柔軟《じゅうなん》な精神《せいしん》にあるといえます。
また、人間の幸福《こうふく》は、
人生《じんせい》の晩年《ばんねん》を、いかに生きたかによって決まるといえます。
過去《かこ》がどんなに栄光《えいこう》に輝《かがや》き、幸福であったとしても、
晩年が不幸《ふこう》であり、愚痴《ぐち》と恨《うら》みばかりの日々であれば、
これほど悲惨《ひさん》なものはありません。

第8巻「布陣」
38p

年齢《ねんれい》を重《かさ》ねられた方《かた》の力《ちから》は大きい。
人生経験《じんせいけいけん》を重ねられた分《ぶん》、生き方の根本的《こんぽんてき》な知恵《ちえ》をお持ちです。
また、人脈《じんみゃく》や人間関係《にんげんかんけい》も広い。
その方々《かたがた》が広宣流布《こうせんるふ》のために、本気《ほんき》になって頑張《がんば》るならば、
若《わか》い人たちの、何倍《なんばい》もの力が発揮《はっき》できます。
人生で縁《えん》した人には、すべて仏法《ぶっぽう》を伝え抜《ぬ》いていこうとの決意で、
やろうじゃありませんか。

第16巻「入魂」
70p

私は青春《せいしゅん》とは、たんに年齢的《ねんれいてき》な、
または肉体的《にくたいてき》な若さというだけのものではないと思《おも》います。
青年期《せいねんき》の信念《しんねん》を死《し》の間際《まぎわ》まで貫《つらぬ》き、燃《も》やしつづけるところに、
真実《しんじつ》の青春の輝《かがや》きがあると考えます。

第22巻「新世紀」
59p

八十歳《さい》になろうが、九十歳になろうが、
命《いのち》ある限《かぎ》り戦い、人びとを励《はげ》まし続《つづ》けるんです。
「生涯青春《しょうがいせいしゅん》」でいくんですよ。

第25巻「福光」
48p

いよいよ、これからです。
牧口《まきぐち》先生は七十歳にして、
よく「われわれ青年は」と語られたといいます。
平均寿命《へいきんじゅみょう》も延《の》びてきていますから、
今の年から、マイナス三十歳があなたの年です。
青年同士《どうし》、戦いましょう！

第26巻「法旗」
191p

Ⅲ　女性の力

太陽のように

太陽《たいよう》あるところ、希望《きぼう》の光《ひかり》が差《さ》し、幸福《こうふく》の花々《はなばな》が咲《さ》き乱《みだ》れる。
その春《はる》を告《つ》げる太陽はどこにあるのか。
それは皆《みな》さんの胸中《きょうちゅう》にある。
いな、皆さん自身《じしん》が、家庭《かてい》に、地域《ちいき》に、職場《しょくば》に、社会《しゃかい》に、
幸福と平和《へいわ》の春をもたらす太陽なのです。

第7巻「早春」
222p

微笑《ほほえ》みは、強《つよ》い心《こころ》という肥沃《ひよく》な大地《だいち》に、開く花《はな》といえます。
皆さんの快活《かいかつ》な笑顔《えがお》があれば、ご家族《かぞく》は、そこから勇気《ゆうき》を得《え》て、
どんな窮地《きゅうち》に立たされたとしても、堂々《どうどう》と乗《の》り越《こ》えていけます。
女性《じょせい》のこの微笑力こそ、人びとに活力《かつりょく》をもたらす源泉《げんせん》となります。

第25巻「福光」
94p

勇《いさ》んで行動《こうどう》する人は、見るからに、すがすがしいものです。
人びとに触発《しょくはつ》をもたらし、やる気を引き出し、
周囲《しゅうい》の停滞《ていたい》した雰囲気《ふんいき》を打《う》ち破《やぶ》っていきます。

第24巻「人間教育」
200p

忙《いそが》しいかもしれませんが、婦人《ふじん》として、身《み》だしなみに気を使《つか》うことも大切《たいせつ》です。
なりふりかまわず頑張《がんば》っている姿《すがた》に、
人は〝大変なんだな〟とは思うでしょうが、
〝自分《じぶん》もあの人のようになりたい〟とは思わないものです。
贅沢《ぜいたく》をして、着飾《きかざ》る必要《ひつよう》はありませんが、
心だけでなく、姿も輝《かがや》かせていく工夫《くふう》を忘《わす》れないようにしてください。

第4巻「凱旋」
79p

時代《じだい》を変えていく本当の原動力《げんどうりょく》は、
婦人の祈《いの》りであり、生活《せいかつ》に根《ね》ざした婦人の活動《かつどう》なんだ。
婦人の力《ちから》は、大地《だいち》の力といえる。大地が動けば、すべては変わる。
権威《けんい》の王城《おうじょう》など、簡単《かんたん》に崩《くず》れ、不動《ふどう》のように見えた山をも動かしてしまう。
その力は無限《むげん》だ。そこに不可能《ふかのう》はない。

第11巻「暁光」
67p

人格の輝き

華《はな》やかさに憧《あこが》れ、自分だけの幸《しあわ》せを求《もと》める生き方ではなく、
人びとの幸福《こうふく》のために働《はたら》くなかにこそ、最《もっと》も尊《とうと》い至高《しこう》の人間道《にんげんどう》がある。

第18巻「師恩」
159p

人間として大切なことは、生活という基本《きほん》をおろそかにしない、
地に足《あし》の着《つ》いた生き方だ。それが民衆《みんしゅう》のもつ草《くさ》の根《ね》の強《つよ》さだ。
そして、その人たちが立ち上がることで、
社会を根底《こんてい》から変えていくことができる。
それを現実《げんじつ》に成《な》し遂《と》げようとしているのが、私たちの広宣流布《こうせんるふ》の運動《うんどう》だ。
その最大《さいだい》の主人公《しゅじんこう》は婦人部《ふじんぶ》だよ。

第30巻(下)「暁鐘」(後半)
46p

人間性《にんげんせい》の光彩《こうさい》とは、利他《りた》の行動《こうどう》の輝《かがや》きにある。
人間は、友《とも》のため、人びとのために生きようとすることによって、
初《はじ》めて人間たりうるといっても過言《かごん》ではない。
そして、そこに、小さなエゴの殻《から》を破《やぶ》り、
自身《じしん》の境涯《きょうがい》を大きく広げ、磨《みが》き高めてゆく道《みち》がある。

第1巻「錦秋」
150p

一《ひと》つの事柄《ことがら》から、何《なに》を感じ取るか。
人の苦悩《くのう》に対して想像力《そうぞうりょく》を広げることから、「同苦《どうく》」は始まるのである。
配慮《はいりょ》とは、人を思いやる想像力の結晶《けっしょう》といえよう。

第19巻「宝塔」
376p

あいさつは心のドアを開くノックである。
さわやかで感じのよい、あいさつの姿《すがた》には、人間性の勝利《しょうり》がある。

第15巻「開花」
337p

「感激《かんげき》」できる人は、何事《なにごと》にも感謝《かんしゃ》していける、
清新《せいしん》で謙虚《けんきょ》な、豊《ゆた》かな生命《せいめい》の人です。
反対《はんたい》に、傲慢《ごうまん》で、人が何かしてくれて当然《とうぜん》である
と考えている人には、「感激」はない。

第28巻「大道」
186p

平和建設

社会《しゃかい》といっても、その基盤《きばん》は、一《ひと》つ一つの家庭《かてい》にある。
ゆえに、盤石《ばんじゃく》な家庭の建設《けんせつ》なくしては、社会の繁栄《はんえい》もないし、
社会の平和なくしては、家庭の幸福《こうふく》もありえない。
そこに世界平和への方程式《ほうていしき》もある。

✻

一家《いっか》の和楽《わらく》を築《きず》いたその力《ちから》が、社会に向けられれば、
平和建設の偉大《いだい》なる力となろう。

第2巻「錬磨」
91p

世界の平和とは、与《あた》えられるものではない。
人間《にんげん》が、人間自身《じしん》の力《ちから》と英知《えいち》で、創造《そうぞう》していくものだ。
戦《たたか》い、勝《か》ち取っていくものだ。
ゆえに、人間が、自身を磨《みが》き、
自分《じぶん》の弱さに挑《いど》み、打ち勝つことこそが、平和建設の要諦《ようてい》といえる。
つまり、自己《じこ》の境涯《きょうがい》を開き、高めゆく、人間革命《にんげんかくめい》の闘争《とうそう》なくして平和はない。

第12巻「天舞」
265p

友好《ゆうこう》や平和といっても、彼方《かなた》にあるのではない。
身近《みぢか》な一人《ひとり》に、どんな思いで接《せっ》し、何をするのかにかかっている。
そこに平和への道がある。

第21巻「人間外交」
142p

わが子《こ》を、戦争《せんそう》で失《うしな》うことなど、絶対《ぜったい》にいやだ。
戦争には、断固《だんこ》として反対《はんたい》だ——それは、すべての母《はは》の思《おも》いであろう。
しかし、それが、平和思想《へいわしそう》となって、深《ふか》く広《ひろ》く根《ね》を下《お》ろしていくには、
自分《じぶん》だけでなく、子どもを戦場《せんじょう》に送《おく》り出《だ》す、すべての母や家族《かぞく》の、
さらには、戦《たたか》う相手国《あいてこく》の母や、その家族たちの
苦《くる》しみ、悲《かな》しみを汲《く》み上《あ》げ、
生命尊厳《せいめいそんげん》の叫《さけ》びとして共有《きょうゆう》していかなければならない。

第24巻「母の詩」
75p

崩《くず》れざる平和建設《けんせつ》の鍵《かぎ》は、女性《じょせい》たちが特質《とくしつ》を生かし、
社会のさまざまな分野《ぶんや》で活躍《かつやく》していくことにある。

第17巻「希望」
111p

歴史《れきし》とは、新《あたら》しき一歩《いっぽ》一歩の積《つ》み重《かさ》ねといえる。
はるかなる未来も、「今」という一瞬《いっしゅん》から始まる。
ゆえに「今」が草創《そうそう》であり、旅立ちの第一歩となる。
永遠《えいえん》なる平和の歴史絵巻《えまき》を織《お》り成《な》すには、「今」を勝つことだ。

第6巻「遠路」
139p

一人《ひとり》の生命《せいめい》を守り、慈《いつく》しむ心は、
そのまま、強き〝平和の心〟となる。

第14巻「使命」
102p

平和といっても、身近《みぢか》なことから始まります。
まず、自分自身《じぶんじしん》のなかにある、
人に対する偏見《へんけん》や差別、また、わがままな心と戦い、勝たねばならない。
同時に、慈悲《じひ》、つまり人びとの幸福《こうふく》を願い、行動する強い心を培《つちか》い、
自《みずか》らの人間性《にんげんせい》を高めていくことです。
戦争《せんそう》を起こすのは人間です。
だから、その人間の生命を変え、
人間の心のなかに平和の砦《とりで》を築《きず》かなければならない。

第14巻「大河」
328p

正義

女性《じょせい》には、悪《あく》の本質《ほんしつ》を鋭《するど》く見抜《みぬ》く信心《しんじん》がある。
それが、民衆《みんしゅう》を守る力《ちから》となる。

第28巻「大道」
204p

生活者の視点《してん》に立つ女性の眼《まなこ》は、
最《もっと》も的確《てきかく》に、その社会の実像《じつぞう》をとらえる。

第29巻「常楽」
14p

寛容《かんよう》というのは、誤《あやま》った教えや悪《あく》を放置《ほうち》することではない。
万人《ばんにん》を幸福《こうふく》にしようとする慈愛《じあい》の広さ、深さを意味《いみ》する。
それゆえに、人びとを不幸にする悪に対しては、敢然《かんぜん》と戦《たたか》うんです。

第3巻「月氏」
136p

婦人《ふじん》には、大地《だいち》のごとく、物事《ものごと》を根底《こんてい》から揺《ゆ》り動《うご》かす強さがある。
トルストイが「婦人は世論《よろん》をつくる」※と語《かた》っているように、
婦人こそ、現実《げんじつ》を変《か》えゆく最大《さいだい》の力《ちから》であるからだ。

第20巻「信義の絆」
328p

※「さらば われら 何をなすべきか」中村融 訳『トルストイ全集16』（河出書房新社）所収

励ましの絆

人間《にんげん》が成長《せいちょう》していくには、
独《ひと》りぼっちではなく、互《たが》いに切磋琢磨《せっさたくま》していくことです。
特《とく》に信心《しんじん》の世界にあっては、
常《つね》に連携《れんけい》を取り合い、励《はげ》まし合っていける同志《どうし》が大事《だいじ》になります。
また、皆《みな》で力《ちから》を合わせれば、大きな力になる。
団結《だんけつ》の力は足《た》し算《ざん》ではなく、掛《か》け算なんです。

第3巻「仏法西還」
73p

人間は、人との絆《きずな》のなかで、勇気《ゆうき》を得《え》るし、希望を得ていきます。
その麗《うるわ》しい励ましの絆を、
社会の隅々《すみずみ》にまで広げていくのが、広宣流布《こうせんるふ》ともいえます。

第25巻「人材城」
321p

人間《にんげん》は、たった一言《ひとこと》の言葉《ことば》で、悩《なや》むこともあれば、傷《きず》つくこともある。
また安《やす》らぎも感《かん》じれば、勇気《ゆうき》を奮《ふる》い起こしもする。
ゆえに、言葉が大事《だいじ》になる。
言葉への気遣《きづか》いは、人間としての配慮《はいりょ》の深《ふか》さにほかならない。

第4巻「春嵐」
23p

一人《ひとり》ひとりは、どんなに力《ちから》があっても、
仲《なか》が悪《わる》ければ、全体として力を発揮《はっき》することはできない。
逆《ぎゃく》に仲の良《よ》い組織《そしき》というのは、
それぞれが、もてる力の、二倍《ばい》、三倍の力を発揮しているものである。

第9巻「衆望」
383p

どうすれば、同志《どうし》の団結《だんけつ》が図《はか》れるのか。
根本《こんぽん》は祈《いの》りです。題目《だいもく》を唱《とな》え抜《ぬ》いていくことです。
いやだな、苦手《にがて》だなと思う人がいたら、
その人のことを、真剣《しんけん》に祈っていくんです。
いがみ合ったり、争《あらそ》い合うということは、互《たが》いの境涯《きょうがい》が低いからです。
相手の幸福《こうふく》を祈っていくことが、自分《じぶん》の境涯を大きく開いていくことになる。
また、誤解《ごかい》から、感情《かんじょう》の行き違《ちが》いを生むことも多いから、
心を開いて、よく話し合うことです。勇気をもって、対話することです。

第9巻「衆望」
382p

戦《たたか》いの勝敗《しょうはい》も、いかに一瞬《いっしゅん》の時《とき》を生かすかにかかっている。
友《とも》への励《はげ》ましにも、逃《のが》してはならない「時」がある。

第1巻「新世界」
114p

福運

せっかく頑張《がんば》っても、愚痴《ぐち》ばかり言っていると、
その福運《ふくうん》を消《け》してしまうし、功徳《くどく》もありません。
卑近《ひきん》な例《れい》で言えば、
風邪《かぜ》を治《なお》そうと薬《くすり》を飲《の》みながら、
薄着《うすぎ》をして、雨《あめ》に打《う》たれて歩《ある》いているようなものです。

＊

愚痴の怖《こわ》さは、言うたびに、胸中《きょうちゅう》に暗雲《あんうん》を広《ひろ》げていくことです。
心《こころ》を照《て》らす太陽《たいよう》が闇《やみ》に覆《おお》われ、
希望《きぼう》も、感謝《かんしゃ》も、歓喜《かんき》も、次第《しだい》に薄《うす》らいでいってしまう。
御聖訓《ごせいくん》にも、「わざわい《禍》は口《くち》より出《い》でて身《み》をやぶる」（御書《ごしょ》一四九二ページ）と仰《おお》せです。

第24巻「人間教育」
199p

人生《じんせい》を大きく左右《さゆう》するのは、福運です。
その福運を積《つ》むうえで大事《だいじ》なのは、感謝の一念《いちねん》です。
同じように学会活動をしていても、
不平不満《ふへいふまん》を言いながらでは、福運を消してしまう。
それに対して、〝今日《きょう》も仏《ほとけ》の使いとして働《はたら》ける！〟と、
御本尊《ごほんぞん》、大聖人《だいしょうにん》に感謝し、信心《しんじん》を教えてくれた学会に感謝していくならば、
歓喜の世界が開かれる。

第25巻「福光」
96p

信心に励《はげ》んでいる生命《せいめい》の大地《だいち》には、福運の地下水《ちかすい》が流れていく。
大風《おおかぜ》や日照《ひで》りの日があっても、
やがては、その生命の大地は豊《ゆた》かに潤《うるお》い、幸《さち》の実《みの》りをもたらします。

第23巻「敢闘」
292p

第3章

小説『新・人間革命』体験談

女性たちのエピソード集

宿命を使命に変えて

小説『新・人間革命』には、あらゆる立場や境遇《きょうぐう》にあって、信仰《しんこう》に出合い、師《し》の励《はげ》ましを受けて、力強く人生を切り開いていく数多《あまた》の女性《じょせい》たちが登場します。苦悩《くのう》と向き合うなかで使命に目覚め、自《じ》他《た》共《とも》の幸福を築《きず》いていく姿《すがた》が描《えが》かれている場面を紹介《しょうかい》します。

今いる場所で幸福をつくり出す

夫の赴任先《ふにんさき》のイラン・テヘランでの暮《く》らしが自分には何もかも合わない、と落《お》ち込《こ》む上野《うえの》頼子《よりこ》。その話に耳を傾《かたむ》け、山本《やまもと》伸一《しんいち》は語る。

「真実の仏法《ぶっぽう》は、やがていつか、どこかで幸福になることを教えているのではありません。今、この場所で幸福をつくり出していくための法です。その幸福を生み出していく力《ちから》は、あなた自身の胸中《きょうちゅう》にある。それを引き出していくのが信仰《しんこう》です。（中略）信仰とは無限《むげん》の希望であり、無限の活力です。自己《じこ》の一念によって、どんな環境《かんきょう》も最高の宝土《ほうど》となる。それが仏法です。だからあなたも、このテヘランにあって、幸福の女王になってほしいのです」

また、同じように寂《さび》しい思いをしている日本人や女性《じょせい》たちを元気づけ、友情《ゆうじょう》の輪を広げていく使命についても言及《げんきゅう》する。

伸一の励《はげ》ましに、彼女《かのじょ》は笑顔で決意を新たにする。

第6巻「宝土」の章

※太字部分は、小説『新・人間革命』からの引用です（以下同じ）

絶望の淵《ふち》から人生を切り開く

さまざまな事情《じじょう》を抱《かか》えた人びとが集まり、簡素《かんそ》な家が立ち並ぶ〝ドカン〟地域《ちいき》。そこには、仏法《ぶっぽう》と出合い、絶望《ぜつぼう》の淵《ふち》から蘇生《そせい》した人びとのドラマが数多くあった。

莫大《ばくだい》な借金を背負《せお》い、夫と共にこの地に辿《たど》り着いた大川《おおかわ》エリ子は、胃《い》を患《わずら》い、激痛《げきつう》に苦しむ日々のなかで、創価学会《そうかがっかい》と出合う。信心に励《はげ》むと、痛《いた》みを和《やわ》らげるための酒もモルヒネも必要なくなった。一時は踏《ふ》み倒《たお》そうかと考えた借金も、「経済苦《けいざいく》だから不幸なのではなく、その重圧《じゅうあつ》に負けて、人生を放棄《ほうき》することこそ、最大の不幸である」と捉《とら》えることができ、必ず返済《へんさい》しようと闘志《とうし》が燃《も》え上がった。

返済のために、懸命《けんめい》に働く日々。その姿《すがた》に感銘《かんめい》を受けた返済先の社長は、返済額《がく》を半分以上残して「完済」を告《つ》げた。のちにエリ子は地域の責任者《せきにんしゃ》として、皆《みな》に励ましを送る存在《そんざい》となる。

第6巻「加速」の章

何があっても負けない生き方

悪性《あくせい》リンパ腫《しゅ》を患《わずら》った小学6年生の息子が、医師《いし》が宣告《せんこく》した「命の時間」を超《こ》えて生き、安らかに息を引き取る。我《わ》が子の死という悲しみのなかにも、その姿《すがた》で仏法《ぶっぽう》を教えてくれたことへの感謝《かんしゃ》に胸《むね》を熱くする岸山富士子《きしやまふじこ》。しかし、その後も試練《しれん》は続き、火事でまたも二人の娘《むすめ》を失ってしまう。

この事故《じこ》以来、学会員に対する地域《ちいき》の風当たりは強くなるが、伸一《しんいち》は悲しみに寄《よ》り添《そ》いながらも、「**負けるな。断《だん》じて、負けるな。あなたが元気であり続けることが、信心の力《ちから》の証明《しょうめい》です**」との言葉を送る。その励《はげ》ましに、岸山夫妻《ふさい》は再《ふたた》び立ち上がる。

富士子は思った。「人生は苦悩《くのう》の連続《れんぞく》かもしれない。でも、苦悩《くのう》即《そく》不《ふ》幸《こう》ではない」と。やがて、夫妻の力強く生きる姿は、地域に信頼《しんらい》の輪を広げていく。

第13巻「楽土」の章

苦労こそ、人生の〝宝石〟となる

岩田《いわた》サワは、夫が戦病死し、貧《まず》しさのなかで娘《むすめ》を一人で育てながら、自身の結核《けっかく》にも苦しんでいた。創価学会と巡《めぐ》り合い、友の幸せを願って仏法《ぶっぽう》を語ると、歓喜《かんき》し、生命が躍動《やくどう》するのを感じた。いつしか結核の症状《しょうじょう》はなくなり、医師《いし》にも全快《ぜんかい》を告《つ》げられる。うどん屋を開いた岩田は、どんなに店が繁盛《はんじょう》しても学会活動からは一歩も引かなかった。しかし、ある日、家主《やぬし》から立ち退《の》きを命じられてしまう。

伸一《しんいち》は、「**泥沼《どろぬま》が深ければ深いほど、蓮《はす》の花や実は大きいといわれる。悩《なや》みや苦しみが大きければ大きいほど、幸せも大きい。信心をしていくならば、苦悩《くのう》は心の宝石《ほうせき》になるんです**」と彼女《かのじょ》を励《はげ》ます。その後、家を持ち、経済苦《けいざいく》を脱《だっ》した岩田は、伸一の言葉どおり、それまでのすべての苦労が、歓喜をもって人びとに語り得《う》る〝宝石〟であると心から実感しながら、その体験を通して多くの人に仏法を伝えていく。

第26巻「法旗」の章

ありのままの姿で最高の幸福境《きょう》涯《がい》を

中学生の時に視力《しりょく》のほとんどを失い、のちに失明してしまった名嘉《なか》勝代《かつよ》は、未来に希望を持てずにいるなかで、仏法《ぶっぽう》の生命観に触《ふ》れて入会する。彼女《かのじょ》は人びとの幸福を願い、懸命《けんめい》に仏法を語り始めると、今まで感じたことのない生命の充実感《じゅうじつかん》を得《え》るようになる。

「〝信心の眼《まなこ》〟を、〝心の眼〟を開いて、強く生《い》き抜《ぬ》いていくんです。あなたがそうなれば、みんなが希望を、勇気を感じます。あなたは、必ず多くの人の、人生の灯台になっていくんですよ」との伸一《しんいち》の激励《げきれい》は、名嘉の心に希望の太陽を昇《のぼ》らせた。彼女はありのままの姿《すがた》で広布《こうふ》に生きる幸せをかみしめる。

伸一の励《はげ》ましを片時《かたとき》も忘《わす》れることなく、琴《こと》の道に邁進《まいしん》した名嘉は、祈《いの》っては挑戦《ちょうせん》を重ね、のちに、琉球古典芸能《りゅうきゅうこてんげいのう》の分野で名を残し、社会に大きく飛翔《ひしょう》していく。

第16巻「入魂」の章

芸術の輝き――無限の可能性を引き出す信仰の力

懸命《けんめい》な努力の末、戦後、創作舞踊家《そうさくぶようか》としての地位を築《きず》いていた大内《おおうち》夫妻《ふさい》は、その華《はな》やかさとは裏腹《うらはら》に、多額《たがく》の借金を抱《かか》え、妻《つま》の敬子《けいこ》は、年を重ねるにつれて若《わか》さと創造性を失うことへの不安に苛《さいな》まれていた。

そんな時、「仏法《ぶっぽう》とは自身の無限《むげん》の可能性《かのうせい》を引き出す力《ちから》」との言葉に心を動かされ、信心を始める。夫妻は、友の幸福を願って唱題し、活動に励《はげ》めば励むほど、心の底から込《こ》み上げる歓喜《かんき》と生命の躍動《やくどう》を実感。また、学会員の姿《すがた》を通して、「民衆《みんしゅう》の真実の輝《かがや》きと偉大《いだい》さ」に感銘《かんめい》を受ける。次第に「名声を追い求めるための芸」から、民衆に愛され、感動と勇気を与《あた》えられる「民衆のための芸」を探究《たんきゅう》するようになる。

二人をずっと見守ってきた伸一《しんいち》は、「**苦労した分、必ず見事な人生の実りをもたらすのが仏法です**」「**水の流れるように、信心を貫《つらぬ》いていくことです。勝負は、十年先、二十年先です**」と激励《げきれい》を送る。

第12巻「天舞」の章

相手を信じ抜く「人間教育」の実践

高校教師《きょうし》の北川敬美《きたがわたかみ》は、手に障《しょう》がいをもち、その宿命《しゅくめい》から自暴自棄《じぼうじき》になって非行《ひこう》に走っていた女子生徒・和子《かずこ》の幸せを祈《いの》り、辛抱《しんぼう》強く関わり続ける。自身の〝あきらめ〟と闘《たたか》いながら、なんとしても心を通《かよ》わせたいと懸命《けんめい》に一途《いちず》にぶつかり抜《ぬ》く。「あなたは、今まで、辛《つら》い思いをし、悲しい思いをしてきた分だけ、それ以上に、人の何倍《なんばい》も幸せにならなくてはいけないのよ」と。やがて和子は、北川に心を開き、明るい笑顔を取り戻《もど》していく。卒業後、看護師《かんごし》になる夢《ゆめ》を見事に実現《じつげん》し、手の障がいに負けることなく、強く生き抜く和子を、北川は見守り続けた。

「使命のない子など、誰《だれ》もいない。皆《みな》が尊《とうと》き使命の人なのだ――その不動なる確信《かくしん》に立つことこそ、人間教育の根幹《こんかん》といってよい」

どこまでも生徒を信じ抜く「人間教育」の実践《じっせん》を貫《つらぬ》いた女性《じょせい》の奮闘《ふんとう》が描《えが》かれる。

第24巻「人間教育」の章

信頼を勝ち取り、社会で輝く

大手デパートの美術品《びじゅつひん》部門で働く女子部員の代田裕子《しろたゆうこ》。「職場《しょくば》の第一人者に」との伸一《しんいち》の言葉に触《ふ》れ、どんな仕事にも豊《ゆた》かな価値《かち》を見いだして挑戦《ちょうせん》した。来客を迎《むか》える際《さい》は、好感をもたれる立ち方を追求し、コピーをとる仕事なら、そのプロになろうと努力を重ねた。

ある時には、高価《こうか》な美術・工芸品をひたすら磨《みが》く業務《ぎょうむ》が与《あた》えられた。彼女《かのじょ》は、「**仕事を仏道修行《ぶつどうしゅぎょう》であると思って、自分を磨いていくのだ**」との伸一の指導《しどう》を何度も噛《か》み締《し》めながら、心を込《こ》めて磨き続けた。何年かが過《す》ぎ、気づくと、さまざまな美術・工芸品の良否《りょうひ》を見極める目が培《つちか》われていた。また、そんな彼女の姿《すがた》を、上司や周囲《しゅうい》の人たちはじっと見ていた。どんな仕事にも、誠実《せいじつ》に向き合ってきた代田は、人間として、社会人として、何よりも大切な信頼《しんらい》を築《きず》き上げ、やがて職場で大事なポジションを任《まか》され、活躍《かつやく》の場を広げていく。

第24巻「灯台」の章

地域の〝幸福責任者〟として

自分の住む団地《だんち》を、〝人間共和の都〟にしていこうと、住民のために奔走《ほんそう》した婦人《ふじん》。駐車《ちゅうしゃ》スペースがわずかしかない団地内の〝青空駐車〟により、子どもが車にはねられる事故《じこ》が起きたことをきっかけに、婦人は、団地内を一軒《いっけん》一軒回り、駐車場建設《けんせつ》の運動を呼《よ》びかける。

住民の無関心に直面した婦人は、「ここが勝負だ！　今こそ、みんなの心の扉《とびら》を開こう。そして、誰《だれ》もが愛し、誇《ほこ》れる最高の団地にするんだ！」と奮《ふる》い立つ。地道な対話を続け、各機関《きかん》との折衝《せっしょう》も重ねた。その粘《ねば》り強い行動によって、多くの住民が賛同《さんどう》していき、2年後には、遂《つい》に駐車場が完成した。

「**社会の建設といっても、最も身近な、近隣《きんりん》との関わりから始まるのだ**」

社会を創《つく》る主体者として、自《みずか》ら地域《ちいき》の繁栄《はんえい》のために貢献《こうけん》する女性《じょせい》の姿《すがた》が描《えが》かれる。

第24巻「灯台」の章

師弟不二の心で
島を照らす励ましの太陽に

夫を亡《な》くし、幼子《おさなご》たちを一人で育て上げるために、がむしゃらに働いてきた富島《とみしま》トシ。仕事に行き詰《づ》まった次男が自《みずか》ら命を絶《た》つという不幸に見舞《みま》われ、生きる希望を失っていたさなかに仏法《ぶっぽう》と出合う。

彼女《かのじょ》は、旧習《きゅうしゅう》の深い島で、来る日も来る日も弘教《ぐきょう》に歩く。水をかけられ、塩を撒《ま》かれ、鎌《かま》を持って追いかけられたことさえあったが、決してめげなかった。活動に励《はげ》むなかで読み書きの必要性を感じ、漢字も覚えた。人びとの幸せを願って汗《あせ》を流し、友を励まし続けたトシは、やがて皆《みな》から〝喜界島《きかいじま》のお母さん〟と慕《した》われる存在《そんざい》に。広宣流布《こうせんるふ》の師《し》である伸一《しんいち》を、常《つね》に心にいだいてきたトシは、のちに初めての出会いを刻《きざ》む。伸一が「**これからも喜界島の太陽として、幸福の光で、みんなを照らしていってください**」と讃《たた》えると、彼女は「島の人たちを、一人残らず幸せにするまで、頑張《がんば》り続けます」と笑顔で答えた。

第23巻「敢闘」の章

宿命を使命に転じて
平和のために生き抜く

広島で、14歳《さい》の時に被爆《ひばく》した金子光子《かねこみつこ》は、原爆症《げんばくしょう》に悩《なや》まされ、大火傷《おおやけど》を負《お》って変わり果ててしまった顔により、辛《つら》い青春時代を送る。やがて結婚《けっこん》し、長女を出産するが、喜《よろこ》びも束《つか》の間《ま》、娘《むすめ》に重度の障《しょう》がいが判《はん》明《めい》。「原爆は、私たちを、どこまで苦しめるのか」と運命を呪《のろ》った。そんな時、地域《ちいき》の婦人《ふじん》から仏法《ぶっぽう》の話を聞く。

学会活動に励《はげ》むなかで、原爆の恐《おそ》ろしさを未来に伝え、平和の礎《いしずえ》を築《きず》くことが、自分の使命だと考え、金子は語《かた》り部《べ》として被爆体験を語り継《つ》いでいく。原爆を投下したアメリカについて尋《たず》ねられた折、彼女《かのじょ》は答えている。

「憎《にく》んだ時期もありました。でも、恨《うら》むことに心を費《つい》やすことが、どれほど惨《みじ》めであるか……人生は何に生命《いのち》をかけるかが大切です。私はすべての人の幸福のため、すべての国の平和のために生命を捧《ささ》げます」

第19巻「宝塔」の章

地涌《じゆ》の使命に生きた生命は永遠

嵐山春子《あらしやまはるこ》は、病《やまい》と闘《たたか》いながらも、広大な北の大地を汽車に揺《ゆ》られ、雪をかき分けて歩き、女子部の友を励《はげ》ますためにどこまでも足を運んだ。伸一《しんいち》に体当たりするように指導《しどう》を求め、常《つね》に、皆《みな》の成長のために何をすべきか、考え行動したリーダーだった。誰《だれ》もが彼女《かのじょ》を姉のように慕《した》い、北海道女子部は飛躍的《ひやくてき》な発展《はってん》を遂《と》げる。そして、嵐山は今世《こんぜ》での使命を果たし抜《ぬ》き、26年の尊《とうと》い生涯《しょうがい》を閉《と》じる。伸一は、彼女の死の意味に思いを巡《めぐ》らす。

「彼女は、純白《じゅんぱく》の雪のように清らかな信心の模範《もはん》を、後世《こうせい》に残してくれた。その炎《ほのお》のごとき求道《きゅうどう》の姿勢《しせい》と、友を思う心は、永遠《えいえん》に色あせることはない。いや、それは、時とともに、ますます黄金《おうごん》の輝《かがや》きを放ち、彼女の志《こころざし》を受け継《つ》ぐ幾千幾万《いくせんいくまん》の嵐山春子が誕生《たんじょう》していくにちがいない。また、地涌《じゆ》の使命に生きる同志《どうし》の絆《きずな》は永遠である」

4巻「青葉」の章
5巻「獅子」の章

小説『新・人間革命』（全30巻） 章名リスト

※「聖教新聞」の連載期間

第1巻	旭日《きょくじつ》 新世界《しんせかい》 錦秋《きんしゅう》 慈光《じこう》 開拓者《かいたくしゃ》	※1993年11月18日付～1994年6月17日付
第2巻	先駆《せんく》 錬磨《れんま》 勇舞《ゆうまい》 民衆《みんしゅう》の旗《はた》	※1994年6月18日付～12月29日付
第3巻	仏法西還《ぶっぽうせいかん》 月氏《がっし》 仏陀《ぶっだ》 平和《へいわ》の光《ひかり》	※1995年1月1日付～7月15日付
第4巻	春嵐《しゅんらん》 凱旋《がいせん》 青葉《あおば》 立正安国《りっしょうあんこく》 大光《たいこう》	※1995年7月17日付～1996年2月10日付
第5巻	開道《かいどう》 歓喜《かんき》 勝利《しょうり》 獅子《しし》	※1996年2月12日付～8月31日付
第6巻	宝土《ほうど》 遠路《えんろ》 加速《かそく》 波浪《はろう》 若鷲《わかわし》	※1996年9月2日付～1997年4月5日付
第7巻	文化《ぶんか》の華《はな》 萌芽《ほうが》 早春《そうしゅん》 操舵《そうだ》	※1997年4月7日付～11月15日付
第8巻	布陣《ふじん》 宝剣《ほうけん》 清流《せいりゅう》 激流《げきりゅう》	※1998年1月15日付～8月22日付
第9巻	新時代《しんじだい》 鳳雛《ほうすう》 光彩《こうさい》 衆望《しゅうぼう》	※1998年10月2日付～1999年5月20日付
第10巻	言論城《げんろんじょう》 幸風《こうふう》 新航路《しんこうろ》 桂冠《けいかん》	※1999年8月6日付～2000年3月20日付
第11巻	暁光《ぎょうこう》 開墾《かいこん》 常勝《じょうしょう》 躍進《やくしん》	※2000年5月15日付～12月29日付
第12巻	新緑《しんりょく》 愛郷《あいきょう》 天舞《てんまい》 栄光《えいこう》	※2001年4月20日付～12月29日付
第13巻	金《きん》の橋《はし》 北斗《ほくと》 光城《こうじょう》 楽土《らくど》	※2002年4月1日付～12月13日付
第14巻	智勇《ちゆう》 使命《しめい》 烈風《れっぷう》 大河《たいが》	※2003年1月1日付～9月11日付
第15巻	蘇生《そせい》 創価大学《そうかだいがく》 開花《かいか》	※2003年9月12日付～2004年5月25日付
第16巻	入魂《にゅうこん》 対話《たいわ》 羽《は》ばたき	※2004年5月26日付～12月29日付
第17巻	本陣《ほんじん》 希望《きぼう》 民衆城《みんしゅうじょう》 緑野《りょくや》	※2005年1月1日付～9月13日付
第18巻	師子吼《ししく》 師恩《しおん》 前進《ぜんしん》 飛躍《ひやく》	※2005年10月12日付～2006年6月15日付
第19巻	虹《にじ》の舞《まい》 凱歌《がいか》 陽光《ようこう》 宝塔《ほうとう》	※2006年9月1日付～2007年4月30日付
第20巻	友誼《ゆうぎ》の道《みち》 懸《か》け橋《はし》 信義《しんぎ》の絆《きずな》	※2007年5月1日付～12月29日付
第21巻	SGI 人間外交《にんげんがいこう》 共鳴音《きょうめいおん》 宝冠《ほうかん》	※2008年1月1日付～9月15日付
第22巻	新世紀《しんせいき》 潮流《ちょうりゅう》 波濤《はとう》 命宝《みょうほう》	※2008年11月18日付～2009年9月7日付
第23巻	未来《みらい》 学光《がっこう》 勇気《ゆうき》 敢闘《かんとう》	※2009年11月18日付～2010年8月4日付
第24巻	母《はは》の詩《うた》 厳護《げんご》 人間教育《にんげんきょういく》 灯台《とうだい》	※2010年10月1日付～2011年6月27日付
第25巻	福光《ふっこう》 共戦《きょうせん》 薫風《くんぷう》 人材城《じんざいじょう》	※2011年9月1日付～2012年6月14日付
第26巻	厚田《あつた》 法旗《ほうき》 勇将《ゆうしょう》 奮迅《ふんじん》	※2012年6月15日付～2013年7月22日付
第27巻	若芽《わかめ》 正義《せいぎ》 激闘《げきとう》 求道《きゅうどう》	※2013年10月21日付～2014年9月3日付
第28巻	広宣譜《こうせんふ》 大道《だいどう》 革心《かくしん》 勝利島《しょうりとう》	※2014年11月18日付～2015年10月3日付
第29巻	常楽《じょうらく》 力走《りきそう》 清新《せいしん》 源流《げんりゅう》	※2016年1月1日付～11月23日付
第30巻㊤	大山《たいざん》 雌伏《しふく》 雄飛《ゆうひ》 暁鐘《ぎょうしょう》（前半）	※2017年1月1日付～11月1日付
第30巻㊦	暁鐘《ぎょうしょう》（後半） 勝《か》ち鬨《どき》 誓願《せいがん》	※2017年11月2日付～2018年9月8日付

本書は、月刊誌「パンプキン」2020年4月号に掲載された「小説『新・人間革命』名場面集　挿絵で振り返る　山本伸一・峯子夫妻　平和への歩み」を加筆・修正のうえ、第2章と第3章を新たに加え、再構成したものです。

一、小説の引用は、『新・人間革命』（池田大作著／聖教新聞社刊）聖教ワイド文庫の最新刷に基づく。
引用文のなかで、句読点を補ったものもある。

一、御書の引用は、『新編　日蓮大聖人御書全集』（創価学会版）に基づき、（御書〇〇ページ）で示した。

データで学ぶ『新・人間革命』
特別編　輝く女性のために

2021年5月3日　初版発行
2022年8月24日　4刷発行

編者　パンプキン編集部
発行者　南 晋三
発行所　株式会社　潮出版社
〒102-8110　東京都千代田区一番町6 一番町SQUARE
電話　03-3230-0781(編集)
03-3230-0741(営業)
振替口座　00150-5-61090
印刷・製本　中央精版印刷株式会社
ISBN978-4-267-02300-2　C0095

装丁・本文デザイン　茶谷寿子
構成・文　前原政之　沼倉順子　友納加代子
挿絵提供　聖教新聞社
画　内田健一郎

www.usio.co.jp